中华先锋人物
故事汇

吴登云
马背上的医生

WU DENGYUN
MA BEI SHANG DE YISHENG

毛芦芦　著

党建读物出版社　　接力出版社

图书在版编目（CIP）数据

吴登云：马背上的医生／毛芦芦著．— 南宁：接力出版社；北京：党建读物出版社，2021.9
（中华人物故事汇．中华先锋人物故事汇）
ISBN 978-7-5448-7392-5

Ⅰ.①吴… Ⅱ.①毛… Ⅲ.①传记小说－中国－当代 Ⅳ.①I247.5

中国版本图书馆CIP数据核字（2021）第175025号

吴登云——马背上的医生

毛芦芦　著

责任编辑：	李明淑　商　晶
文字编辑：	王　燕
责任校对：	杜伟娜　王　静
装帧设计：	严　冬　许继云　　美术编辑：高春雷
出版发行：	党建读物出版社　接力出版社
地　　址：	北京市西城区西长安街80号东楼（邮编：100815）
	广西南宁市园湖南路9号（邮编：530022）
网　　址：	http://www.djcb71.com　　http://www.jielibj.com
电　　话：	010-65547970/7621
经　　销：	新华书店
印　　刷：	河北鹏润印刷有限公司

2021年9月第1版　　2022年2月第2次印刷
787毫米×1092毫米　32开本　　4.5印张　　60千字
印数：10 001—15 000册　　定价：22.00元

本社版图书如有印装错误，我社负责调换（电话：010-65547970/7621）

目录

写给小读者的话 ⋯⋯⋯⋯ 1

梦回江南 ⋯⋯⋯⋯⋯⋯⋯ 1

织啊织啊织渔网 ⋯⋯⋯⋯ 9

状元郎踏上"西极"路 ⋯⋯ 15

初来乌恰的日子 ⋯⋯⋯⋯ 21

第一次下乡巡诊 ⋯⋯⋯⋯ 29

"白衣圣人" ⋯⋯⋯⋯⋯⋯ 37

病人的"移动血库" ⋯⋯⋯ 45

难忘"滴血"之恩 ⋯⋯⋯⋯ 53

割皮救婴 · · · · · · · · · · · · · · 59

地震后的擎天柱 · · · · · · · · · · · · 67

一颗心，七万棵树 · · · · · · · · · 73

"二十四桥明月夜" · · · · · · · · 79

"海拉提们"是这样炼成的 · · · · 87

最慷慨的穷院长 · · · · · · · · · · · 95

泪别老父亲 · · · · · · · · · · · · · · 101

痛失爱女 · · · · · · · · · · · · · · · 109

拒回梦中故乡 · · · · · · · · · · · · 115

掌声响起 · · · · · · · · · · · · · · · 123

写给小读者的话

从江南水乡，到帕米尔高原，他走了万里路，也走过了整整五十八年。从青春年少，到耄耋白头，他把自己的一生，都献给了边疆的医疗事业，他把自己全部的热血，都献给了帕米尔高原上的牧民。

他白手起家，在祖国版图西端的新疆维吾尔自治区克孜勒苏柯尔克孜自治州乌恰县，主持建起了一座现代化的园林式医院；他运土引水，在没有一丝绿色的戈壁滩上，带领大家种活了七万棵绿树；他一心"育苗"，把一个个少数民族年轻医生送到内地去学习、进修，为乌恰县培养了一大批土生土长的医生。

他有一颗金子般的心，先后为乌恰人民输血

三十多次，八千多毫升，比一个成年人全身的血液还多；他曾割下自己腿上的十三块皮肤，为烧伤的婴儿植皮，挽救了婴儿的生命。他每年用三分之一的时间，骑着马，翻山越岭，深入牧区巡诊，上门送医送药，被乌恰人民亲切地称为"马背上的医生"。

他，就是吴登云。除了"马背上的医生"，他在乌恰父老乡亲的心目中，还有另一个名字——白衣圣人。五十八年来，他用自己的青春、热血，用自己的执着、坚毅，用自己的善行、爱心，用自己精湛的医术、万般的辛劳，守护着帕米尔高原上人民的健康。他的事迹，不仅感动着帕米尔高原上的每一位牧民，也感动着全中国人民。

梦回江南

一夜大风，新疆克孜勒苏柯尔克孜自治州乌恰县人民医院，院里院外的白杨树，哗哗作响。

这些白杨树高大挺拔，就像大地写给天空的一封封书信，那白净的树干，像洁白的信纸，树干上的一个个黑色斑点，就如同大地送给天空的诗句。

这些白杨树是乌恰县人民医院老院长吴登云在二十世纪八十年代中后期，带领全院的医护人员，运土引水，一棵一棵种起来的。如今，最粗壮的树干，需双臂伸开才能合抱住。它们那么高，好似要把天空钻出个窟窿。

老院长吴登云的家，正对着医院的大门，家

门前、窗户外也全是白杨树。

这日清晨，天才蒙蒙亮，哗啦啦的林涛声就将吴登云从梦中叫醒了。他回想起刚才的那个梦，微微笑了，又惆怅地叹了口气，因为他梦到了故乡扬州，梦到了一大片汪洋恣肆的水，梦到了水中的荷花和鸡头米，梦到了一座座湿漉漉的石板桥，还梦到自己正在织渔网。

虽然他已经在帕米尔高原上生活了近六十年，早已习惯了乌恰县的气候，也与这里的各民族兄弟姐妹结下了山高水长的友谊，但是，他还是常常梦回江南——在梦中，一次次回到他那位于江苏省高邮市郭集镇柳坝村的老家。

柳坝，听名字，就知道是个绿柳成荫、碧水盈盈，令人向往的地方。

吴登云的老家门前就有一条碧波荡漾的大河。河里鱼虾肥美，莲叶田田，小船往来穿梭，摇桨声、捣衣声，此起彼伏。

扑通，扑通……梦中，吴登云一次又一次地跳入水中，他又变成了那个嬉戏于水中的少年。他喜欢打着赤膊，从河埠头往水里跳，从河流左

梦回江南 3

岸游到右岸，又从右岸游回左岸，尽享畅游的快乐。他一会儿扎向河底，摸螺蛳，捞小虾，一会儿又在荷花丛里嬉戏半天，从一片片碧绿的荷叶间探出头，仰起笑脸，扮一朵小荷，试图吸引那些红蜻蜓、黄蜻蜓飞到他的鼻尖上来，制造出一点儿"小荷才露尖尖角，早有蜻蜓立上头"的诗意来。

可惜，他那小小的国字脸虽然很英俊，蜻蜓却总是对他不屑一顾，毕竟，他没有荷花那样的幽幽香味。倒是蜜蜂，常围着他湿漉漉的头发嗡嗡地飞，恼得他只好一次又一次地钻进水里。在水中，透过碧盈盈的水波，绿油油的荷叶、水草看天空，连阳光、蓝天、白云也是绿色的呢！

"江南可采莲，莲叶何田田。鱼戏莲叶间。鱼戏莲叶东，鱼戏莲叶西，鱼戏莲叶南，鱼戏莲叶北。"吴登云很喜欢朗诵这首诗，因为这就是他家乡的真实写照。

从晚春时节开始，村边河荡里，莲叶就一片片地冒了出来。起先，莲叶只有巴掌那么大，后来，就变成了一把把小绿伞，将江南的水一寸一寸地遮住了。莲叶最茂密、莲花开得最兴盛的季节，正是盛夏时节。小时候的吴登云，夏天的大部分时间几乎都泡在水里，像条小鱼似的，"鱼"戏莲叶东，"鱼"戏莲叶西，"鱼"戏莲叶南，"鱼"戏莲叶北。小小的吴登云在莲叶莲花间灵动地划着水，有时，面前还放着一个小木盆，摸到螺蛳，抓住小鱼，逮住小虾，往木盆里一放，回家送给妈妈，妈妈就会很高兴。

六七月间，绿莹莹的莲蓬从荷叶荷花间举起了一个个小拳头。"小拳头"们沐浴着阳光，迎接着朝露晚霞，也承受着盛夏的狂风暴雨。它们长得好快呀！不久，一个个荷拳里就"捏住"了一颗颗小小的莲子。到了八月，每个荷拳的掌心都攥得满满的，莲子滚圆了，饱满了，它们挤满了一个个莲房，排排坐着，仰着一张张绿色滚圆的脸蛋，等人去采。

这时候，水性好的小孩就成了大人们最欢迎的小帮手。当爸爸妈妈划着小船去采莲蓬的时候，小登云这条鱼儿就专挑小船很难挤进的莲丛，采下一支又一支的莲蓬，把藏在绿叶间的一

梦回江南

个个"小拳头",全采到父母的小船上。就像诗词里所写的那样:"茅檐低小,溪上青青草。醉里吴音相媚好,白发谁家翁媪?大儿锄豆溪东,中儿正织鸡笼。最喜小儿亡赖,溪头卧剥莲蓬。"那个老卧在溪头剥莲蓬的小儿,就是童年时代的吴登云,也是远在万里之外的帕米尔高原上生活了快六十年的吴登云常常梦见的自己。

莲蓬青翠碧绿,用小手一剥,一股清香随之弥漫而出。刚采的莲蓬,里面的莲子像一颗颗的小翡翠。不过,那是可以吃的小翡翠,连壳都是嫩嫩的,脆脆的,嚼一下,香甜中又带一点点苦涩,那滋味是那样的美好,真让人难忘。

在梦中,吴登云再一次品尝到了新鲜莲子的味道,醒来后,不免怅然若失。已经多少年没有吃到过新鲜莲子了,别说新鲜莲子,就连晒干的莲子,在这帕米尔高原上也是稀罕之物。恐怕有很多人,都不曾见过莲子吧。连他自己,如今也快记不起莲子的模样了,常常把莲子与鸡头米混为一谈。

江南水乡,那浸满莲子清香的老家,虽然远

在万里之外,可吴登云从来没有后悔过当初从扬州医学专科学校毕业时来新疆支边的选择;从来也没有后悔过,他在帕米尔高原上度过的每个日夜。

朦胧的曙色里,吴登云自言自语:"如果有第二次生命,我依然会选择来新疆,依然会来帕米尔高原做一名医生!"

织啊织啊织渔网

吴登云,虽然生在风景如画、充满诗意的江南水乡,可他家里的条件一直不太好,一家人节衣缩食,才能勉强度日。扬州雨水多,夏季常发大水。五六月份,正是庄稼长势最旺的时候,一场大水就能将河堤冲垮,稻子、豆子这些田地里的农作物被大水淹了,有时候莲藕也被冲得一干二净。

收成不好的情况下,很多家庭的孩子辍学了,这样既可以省下一笔读书的费用,又可以帮着家里干点农活儿。可是,吴登云的父母一直省吃俭用,一心供孩子上学读书。衣服破了,补一补;鞋子烂了,打赤脚走路;肚子饿了,采把鸡头米充饥。

那时候，奔跑在上学路上的小登云可是柳坝村的一景。这个大脑袋大眼睛的男孩，穿着补丁摞补丁的衣裤，赤着脚在村道上快速奔跑着。但是，藏在妈妈手工做的布书包里的课本，却始终被保护得干净整洁。上面写满了密密麻麻的字，这都是吴登云听课时做的笔记，一笔一画，他都写得认真、工整。

小学毕业考初中那阵子，连绵的大雨灌满了河道，洪水将他家的二十八亩水稻和河荡里的莲藕全冲毁了。那年夏天，吴家颗粒无收。洪水退后，吴登云的父母只好外出打工，拼命找食物填饱一家人的肚子。正是在家境最困难的时候，吴登云考上了初中。整个柳坝村，二十四名小学毕业生中，只有他和另一个同学考上了。

但是，读初中要交的学费，把吴登云一家给难倒了。

"家里这么困难，妈妈，要不，我就不去上学了！"懂事的小登云，主动跟母亲这么提议。

"那可不行！你成绩那么好，不读书多可

惜!"母亲连忙摇头。

"可是,拿什么交学费呢?"小登云愁肠百结地说道。

"喏,你看,家里不是还有几只小鸡吗?咱们好好养,到时卖了小鸡,你就可以去上学了。"母亲乐呵呵地说道。

家里有八只小公鸡,比拳头大不了多少。适逢灾年,人都吃不饱,小公鸡们就更吃不饱了。为了让小鸡们快快长大,小登云就每天握着一柄小锄头,提着一个小罐子,四处去掘蚯蚓给小鸡们吃。

"小鸡,小鸡,快快长,你们可是我求学的希望啊!"每次给小鸡们喂食,小登云都要这么念叨一句。

小鸡们很听话,到了八月底,一只只都长得圆滚滚、胖乎乎的。母亲把八只小公鸡装进竹篓,拿到郭集镇上卖了,学费总算有了着落。

就这样,吴登云被自己家的小公鸡"送"进了高邮中学的大门。

像他这样家里受灾的学生,学校里还有不少,

学校会每月发给他们一些助学金。吴登云每个学期领到的助学金是六元，正好用于学杂费、住宿费等开支，还需要自己每月另外交一块五的伙食费。

到哪里去筹这每月一块五的费用呢？

小小年纪的吴登云必须自力更生，每个月为自己赚一块五毛钱的饭钱。他心里觉得好难，不禁在河岸边徘徊着，思忖着。突然，渔民伯伯向河里高高撒开的渔网引起了他的注意。渔民们天天在外捕鱼，渔网容易破，需要不断买新渔网，村里就有不少婶婶、阿婆买了线来织渔网，再卖出去。

"哈哈，有了，我也去买线织渔网吧。我从小跟着奶奶生活，早学会了如何织渔网！"说干就干，在初中开学的第二个星期六下午，吴登云就去买了一公斤麻线，见缝插针，在晚自习前和晚上熄灯前，每天织两个小时的渔网。刚好，一周织的渔网，除去成本，可赚四五毛钱。这样日复一日地编织着，每月可攒下两元左右的辛苦钱，交了一块五的伙食费，还可以有四五毛零钱用于理发、洗澡。

整个初中阶段，吴登云用自己的巧手织啊，织啊，不仅为自己织出了实实在在的一日三餐，还为自己织出了坚强的意志，织出了优异的成绩。

初中毕业，吴登云以优异的成绩考上了高中，获得了学校的一等奖学金。不过，那时家里条件艰苦，家人经常吃不饱饭，吴登云除了每周坚持不懈地织渔网供养自己之外，一到周末，还到砖场去挑砖，打土坯，赚一点儿钱补贴家用。

那时，一到星期六，学校的午餐，他都是舍不得吃的，用荷叶把饭包好，放学后快步走回家，留给弟弟吃。

状元郎踏上"西极"路

一九六〇年，二十岁的吴登云考上了扬州医学专科学校，成了郭集镇柳坝村的"状元郎"。他之所以选择医学专业，主要是因为他觉得学医能报效祖国对他的培养，毕竟，他可是靠助学金、奖学金才走完中学六年的求学之路的。

大学开学时，天气还很热，蚊子很多。寝室里，只有吴登云没有蚊帐，他的脸上、身上都被蚊子叮出了很多包。老师看到他脸上有那么多"小红花"，忙给他送来了一顶蚊帐。

吴登云脸上的"小红花"消失后，班主任又发现吴登云的脚"开花"了，因为他的鞋子烂了，露出了好几个脚指头。

"吴登云这个孩子，家里条件也够苦的！"班主任叹息着，又去商店里买了一双白球鞋，送到吴登云手中。收到新鞋的那一刻，吴登云泪流满面。大学期间，这双鞋是他守护得最小心的珍宝，只有上体育课时才舍得穿一穿，平时宁愿赤脚，也舍不得穿它。

他常常赤脚来往于教室与图书馆之间，奔跑在学校的操场上，奔跑在去实验室的路上。一分汗水，一分收获。跟中小学时一样，他也是学校里的优等生。

一顶蚊帐，一双球鞋，一声问候，一份奖学金，学校、老师、同学给他的一点一滴的温暖，吴登云都牢牢地记在心中。这化成了他勤奋学习的动力，也是他报名去"支边"的动力。

"青山隐隐水迢迢，秋尽江南草未凋。二十四桥明月夜，玉人何处教吹箫？"这是唐代大诗人杜牧笔下的扬州。扬州和它的瘦西湖，是如此美丽动人，是多少人想留驻的江南胜地。可是，吴登云却主动要求去新疆为边疆人民服务，并带动他的同学们跟他一起去了新疆支边。

"听说那里很冷的呀，还有风沙、暴雪，气候也特别干燥。儿子，你打小在水边长大，这里到处绿汪汪的，吸一口气都透着清香，你能适应那边的气候吗？新疆那么远，我身体也不好，舍不得你去呀！"母亲心情沉重地劝他，"登云呀，你最好还是留在扬州吧，我也能常常看到你。"

"可是，现在最缺医生的地方是边疆，尤其是少数民族地区，听说有些地方根本就没有医生，他们需要我，我想回报党和政府的恩情，我要去新疆工作！"吴登云恳切地跟母亲说道。

"让他去吧。好男儿志在四方，他想去新疆，那是想为国家尽忠呀，我们应该支持。再说了，我们还有小儿子在身边。"深明大义的父亲一锤定音。吴登云挥别了扬州洒满月光的二十四桥，告别了家乡的田田莲叶、灿灿荷花与无边绿野，踏上了向西的列车。

去新疆的路，可真长啊！一九六三年七月，火车把吴登云带离了温柔的江南水乡，一路西去，几经转车，走了几天几夜，才抵达了乌鲁木齐。

一路上，只见窗外绿色渐淡，山色渐黄。葱

绿的草木，渐渐被黄白色、苍灰色的戈壁取代。

"怎么这么荒凉呀？看这些山上，连一棵树都没有！"一起西行的同学，有好几个都在大呼小叫，一脸沮丧。

越往西，心生悔意的同学越多。

最后，有些人瘫在车座上不言语了，对自己的选择只剩默默地伤感；有些人干脆扭头不再看窗外，说越看越失落；有些女孩，还开始暗暗掉眼泪了。这些从江南水乡来的青年学生，都不曾吹过塞外的风沙。

但是，吴登云却一直兴致勃勃地打量着窗外的一切。

他喜欢大西北的开阔、辽远、苍劲。戈壁滩上的牛羊，在吴登云眼里，就像花朵一样美丽；遥远山巅的那些白雪，在吴登云眼里，就像白绒帽一样可爱；沙漠中间的那些胡杨树，在吴登云眼里，就像扎根边陲的战士一样可敬。

透过车窗，他看到了一群群行走在芨芨草中的野骆驼，一头头在崎岖小路上负重前行的毛驴和骡子，一只只疾飞在风中的乌鸦和喜鹊。

状元郎踏上"西极"路　19

"好男儿志在四方，天高任鸟飞，海阔凭鱼跃，大丈夫就是要在边疆建功立业！"吴登云喃喃自语，胸中溢满了想干一番大事业的激情。

这一批来自扬州医学专科学校的医学生，被分配在乌鲁木齐市的各个医院。吴登云在新疆流行病诊所干了半年。

后来，新疆卫生厅的领导动员大家去南疆工作，说位于新疆南部的乌恰县非常需要医生。乌恰县位于祖国版图的西端，属于高寒山区，氧气稀薄，紫外线强烈，自然环境恶劣。和吴登云一起来支边的同学们了解到这些情况后，都纷纷低下头，把之前说过的豪言壮语抛在了脑后，唯恐被领导点到名。只有平时沉默寡言的吴登云，高高地举起手，响亮地说："让我去吧！"

领导听了很诧异，问："你为什么愿意去？"

"我是国家培养的，再者说，我从小就织渔网，打零工，我不怕吃苦！"

"好，好男儿志在四方！你去吧，我买糖送你！"

领导还真的为吴登云买了一公斤水果糖。

初来乌恰的日子

一九六四年春天,吴登云嘴里含着糖,踏上了此生最漫长、最辛苦的一趟旅程。他从乌鲁木齐市出发,坐上了卡车式的公共汽车,坐垫是自己的行李,车上挤满了乘客,每小时开三十公里。走了七天,才到喀什。可是,从喀什向西再无汽车了。当地人告诉他,要去乌恰县,得搭去康苏镇的煤炭车。

煤炭车也是要买票的。他上午十点在喀什管理站搭上了煤炭车,直到下午三点,才抵达乌恰县,一百公里路,走了整整五个小时。

"医生同志,到了!"当司机将他和行李放在路边时,吴登云傻眼了。

因为他脚下所踩的那片土地完全是一片荒野，四周只有茫茫戈壁，哪有什么县城？

"乌恰县在哪里啊？"

"你走一走就看见了，还有两公里路呢！"司机告诉他。

可是，吴登云走啊走啊，眼前只出现了一个小村庄的轮廓，难道这就是乌恰县城？

目力所及，整个乌恰县，没有一幢高楼，也没有一幢砖瓦房。路不像路，没啥行人。更可怕的是，城里没有一棵树，甚至没有一株草。啊，这地球上，竟然还有这样的县城？

背着行李，第一次"进城"的吴登云，抹抹满脸的灰尘，茫然地站在路边，不知等待他的县医院，将是一番怎样的景象。好不容易看见一位路人，他忙上去打听县医院在哪里。可是，那是位少数民族老乡，根本听不懂吴登云的普通话。

步行了好长时间，他才再一次找到一个可以询问的人。这位老乡很热心，一直把他带到了一排低矮的土坯房前。

"到了，这里就是县医院！"引路老乡热情地

初来乌恰的日子

指着一扇灰扑扑的大门说。

"啊，这里就是县医院？"面对那排像老家的牛栏屋一样低矮粗糙的土房子，吴登云心里咯噔一惊。自己万里迢迢赶来，梦想为之奉献青春、奉献生命的地方，竟然荒凉到这种程度啊！

可当他走进医院，去向院长报到时，见了他这个结实健壮的年轻人，院长哈乌力却高兴坏了，紧紧握着吴登云的手，冲他兴奋地大喊："盼星星，盼月亮，可算把正规医学院毕业的年轻医生盼来了，以后，咱们乌恰县人民医院有希望啦！小吴，你就是乌恰人民最需要的医生啊！"

"我还年轻，经验不足，要向你们学习呢！"

"不，是我们这些土医生，得向你这个来自江南的大医生学习呀！你走了这么多天，一定累坏了，走，我带你去休息休息，我们已经把房间给你收拾好了。"听哈乌力院长这么说，吴登云顿时觉得双腿发软，浑身酸痛。他在大卡车、煤炭车上颠簸了七八天，还真的累坏了。他好期待，有个舒适整洁的卧室能让他去好好睡上一觉。

可是，他一脚跨进宿舍时，心里又是一惊：

这个老土房,那么小,除了一张床,一个炉子,连放行李的地方都没有。窗外刮着大风,屋里刮着小风,尘土飞扬。而且,这医院里没有食堂,还得自己烧饭。

吴登云一搁下行李,就去粮食局办粮油关系了。他看到自己每个月的粮食定量时,心里再次一惊:面粉二十斤,苞米面九斤,大米一斤,清油二百五十克。

大米才一斤,这对从小吃大米长大的吴登云来说实在是太少了,他当即请求粮食局多分配给他一些大米。

"这一斤大米,本来就是看你是南方人,才照顾你的,不可能再多了!"

"每月一斤大米,每月一斤大米,这可怎么吃啊?"晚上,吴登云躺在床上,辗转反侧,听着屋外狼嚎似的风声,想起老家柳坝村的悠悠小船,想起"二十四桥明月夜"的扬州,想起万里之外亲人对他的深深挂念,他不禁有些沮丧,他多希望自己此刻正在扬州的某个窗明几净的大医院里工作,有一大碗一大碗的白米饭吃啊!

好不容易睡着了,梦中所见,却尽是江南的水波,美丽的荷花,石板桥上流淌的月光,还有妈妈找他回家吃饭的柔声呼唤……

从梦中醒来,天已大亮,院子里有嘈杂的人声,还有马嘶驴鸣骆驼叫——源源不断的病人已经来求诊了。吴登云听见这些声音,立马从床上一跃而起,穿上白大褂,走上了工作岗位。看着一个个病人殷切的目光,听着病人一声声痛苦的呻吟,吴登云立刻把自己的失落和悔意忘光了。

很多病人是长途跋涉而来的。这里不是缺医少药,简直是没医没药。全县的病人,生了病,无论多远,都要到县人民医院来看病。

可是,即使进了医院,对有些病,医生也是束手无策啊!

有一位牧民,骑了三天三夜的马,将一个胃穿孔的病人抱进了医院,一进门就大喊:"医生,救命!救命!"吴登云急忙迎了上去,可对这病人的病,却一筹莫展,因为他还从来没有做过关于胃穿孔的手术。他出校门没多久,很多医学知识,还只停留在书本层面,根本没有多少实战经验。

"院长，院长，你来救救他！"吴登云向院长哈乌力求助，可哈乌力是土医生，也不敢做这样的大手术，其他医生也如此。最后，大家只好眼睁睁地看着病人痛苦而不甘地撒手人寰。

这件事让吴登云痛不欲生，他只恨自己无能，不能及时救死扶伤。

"天高任鸟飞，海阔凭鱼跃，一定要在新疆好好干一番大事业，为祖国边疆的人民服务！"他想起了来新疆时，在火车上自己那天真又豪放的梦想。他觉得，自己目前根本不需要"鸟飞"和"鱼跃"，而是需要在祖国西端的这片高原上，做一匹沉默的骆驼，埋下头来，真正学好医学本领，踏踏实实地为全县的百姓做好医疗服务工作。

不管这里的条件多苦，不管这里的气候多恶劣，不管初来乍到的他有多不适应这里的一切，他都要咬紧牙关，真正在这里扎下根来。这里的人民太需要医生了，太需要他这位医生为他们解除病痛了。

就这样,吴登云的爱心,让他忘记了"小我"的痛苦,让他挽起袖子,沉下心来,开始一边学习,一边为病人治病。

第一次下乡巡诊

"当!当!当!"隔壁县政府大院门口,用老铁轨做成的吊钟,敲三下,县城里的干部们就上班了。

"当!当!"敲两下,县城里的干部们就下班了。

吴登云在医院,这钟声每天听得清清楚楚的,可他总是做不到按时上下班,因为病人不会踏着钟声来去。

为了能和患者更好地交流,他买了本《维汉词典》,在医院护士的帮助下,开始自学维吾尔语,因为柯尔克孜族乡亲也能听懂维吾尔语。他就像学英语那样,每天学五个维吾尔语单词,学了两三个月后，他已经能和当地人进行简单的对话了。

"终于，我晚上不用寂寞得靠擦灯罩、读《红楼梦》打发时间了，我学会了简单的维吾尔语对话后，晚上就开始去少数民族老乡家里串门，问他们吃了吗？身体好吗？孩子好吗？他们很高兴，热情地招待我。慢慢地，我也就习惯了在这里的生活。我的粮食定量里不是每月有一斤大米吗？我把这一斤大米分三次吃，月初、月末各煮一顿大米粥，月中则吃一次蒸米饭，也算聊解我的思乡之情了。"吴登云每次说起初来乌恰的往事，都会憨笑着做深情凝望状，仿佛那些逝去的日子，就是那一粒粒看得见、摸得着的大米粒。

不知不觉，已经近六十年过去了，吴登云现在说维吾尔语比说扬州话还流畅，吃馕吃馍也跟吃白米饭一样喜欢了，但他依然清晰地记得初来乌恰时，第一次下乡巡诊的往事。

那是一九六五年春天，乌恰县西部的吉根乡暴发了麻疹流行病，医院派吴登云去巡诊。吴登云二话没说，就跟着一个向导兼翻译出发了，这是他第一次远距离骑马。

  本来,他觉得骑马比骑自行车容易,因为马有四条腿,骑在马上比骑在自行车上稳妥。他来乌恰的第一周,就学会了骑马。可是,这次去吉根乡,真正考验他骑术的时刻来临了。

  他跟着向导,出了县城,一路往西策马奔驰。起初,吴登云心里很激动,想着自己第一次下乡,为牧民们服务,他感觉离自己的理想——支边送医,报效祖国只有一步之遥了,这是一件多伟大的事啊!

  可是,马儿跑了四五个小时,屁股都磨痛了,路边还是只有寸草不生的戈壁和石山。

  一路走啊走,终于,眼前出现了一条弯弯曲曲的小河。河边长了几棵柳树、几丛青草,远处的树丛、草丛里,还隐约有几头牛羊。

  吴登云大喜,问向导:"吉根乡已经到了吧?"

  "还早呢!你累了吧?咱们休息一下再走。"向导说着,翻身下马。

  吴登云也下马走到小河边,掬了一把水,泼在脸上。河水勾起了他对故乡的回忆,小时候,他整天在河里游来游去的,很像一条鱼呢!可现在,骑马跑了这么久,才看见这么一条小河。他真想脱掉衣裤,下水去洗个澡呀,可向导在喊他:"吴医生,咱们继续赶路吧,还要走很久呢!"

吴登云跑回路边,骑上马继续西行。这回,骑马骑到天黑,才又发现戈壁滩中的另一小片绿洲。

"这下,吉根乡总该到了吧?"吴登云问向导。

"没到,我们先在这儿住一夜,明天早上再走。"向导淡淡地说道。

吴登云听了,心里想着:这个吉根乡,真像唐僧取经的目的地西天啊,怎么骑马跑了一整天还没到!

没想到,第二天,又骑马跑了整整一日,只到了老乌恰公社,还是没有到达目的地。

直到第三天下午四五点钟,太阳都偏西了,吴登云这才抵达吉根乡。

牧民们听说来了个大医生,简直好奇得要命,都想来看一看他，对他的医药箱，更是好奇，简直把那箱子当成了百宝箱。一时间，吴登云被乡亲们团团围住了。

但是，吴登云的时间非常宝贵，因为有两个小孩由于麻疹引发的肺炎已夭折了，有三个孩子则因肺炎心脏衰竭，病得迷迷糊糊的，几近休克。吴登云忙给那三个孩子打了青霉素，他就怕救不活那三个孩子。

傍晚，他给其中一个孩子打过针后，晚上想再去他家看看这个小孩有没有好一点儿，可是马儿被放到山坡上去吃草了，路又太远，没马他去不了。

第二天一大早，他赶到那孩子家，发现本来孩子躺着的床上没人了，他的心一沉。没想到，旁边有个孩子冒了出来，手里还捧着一碗奶茶，要请他喝茶呢！

"谢谢你，吴大夫，谢谢你救活了我的儿子！"一旁，那家的女主人已经朝他跪了下来。原来，这个手捧奶茶的男孩，就是昨天傍晚几乎生命垂危的孩子呀！

这是吴登云第一次看见自己创造的奇迹——他让一个垂死的孩子重新变得活蹦乱跳了。那一刻，他是那么激动，和那男孩的母亲一样，热泪盈眶。

他一把扶起男孩的母亲，眼含热泪冲她喊道："谢谢你！谢谢你的孩子！"

是啊，是那个男孩，让他第一次体会到了做一名医生的巨大幸福——治病救人！内心的喜悦就像老家的荷花，挤满了他的每一寸心房。

那几天，经过他医治的三个小孩都很快康复了。这下，吉根乡全乡七百多个牧民都震惊了：不管是耄耋老翁，还是吃奶娃娃，不管是有病的，还是没病的，不管是自己能走的，还是需要家人搀扶着才能勉强移动的，都一股脑儿地朝吴登云拥了过来。

大家都渴望吴登云用听诊器给他们听听心跳，用体温计给他们量量体温，希望吴医生能分一两颗药丸给他们吃一吃。

"大哥，你身体这么棒，根本不需要吃药啊！"起初，吴登云很认真地跟牧民们解释着。

后来他发现这根本行不通，因为谁也不相信自己是没病的，都希望能被吴医生治一治，不然他们就不走。吴登云没法子了，只好给那些非常健康的人也看一看，分一两片维生素给他们吃，告诉他们不要暴饮暴食，要保证睡眠，要注意个人卫生。

"好嘞，好嘞，吴医生说得很对！我怎么可能没病？我有病的嘛！吃了吴医生的药，一下子就好了！"无论吴登云说什么，做什么，那些淳朴的柯尔克孜族牧民都深信不疑。

吴登云大受感动。

因为他是这些牧民出生以来见到的第一个大医生，他觉得确实应该对他们的健康负责。

他为真正的病人治病，更加用心了。

一周后，整个乡的麻疹流行病就被他肃清了。

可是，牧民们拦着他不让他走。吉根乡的牧民们都说："吴医生不能走，要是他走了，我们这里再发病，怎么办？"

牧民派代表给县长打电话，请求县长让大医生再留一段时间，县长也怕麻疹流行病会再度复发，就批准了吴登云在吉根乡再待两个月。

这两个月呀，吴登云在空余时间，就跟着牧民们学骑马，学打猎，还学骑在马背上俯身到地上抓东西。

他骑马的技术得到了大大的提高。

他不仅能骑在奔驰的马上抓地面的水壶，还能让马儿跳舞了。"人们都说狗聪明，其实马儿比狗还聪明，马儿能识途，也能听懂人的话。我喜欢骑在马上唱歌，马儿听了，常高兴得摇头晃脑，我就抓着马缰绳，让马根据音乐的节奏跳舞。马儿跳起舞来，东摇西摆，可好玩啦！"吴登云说。

那时，二十多岁的吴登云还是个童心未泯的年轻人，却已经深得牧民的信任和喜欢，被他们亲切地称为"马背上的医生"了。

"白衣圣人"

从吉根乡回到县人民医院后，大伙儿发现，吴登云骑马的本领已变得十分高超了，也发现这个年纪轻轻的马背上的医生，成了一个烂嘴巴医生。

吴登云的嘴唇起了血泡，结了痂。

为什么呢？因为吉根乡的牧民几乎不吃青菜，只喝酸奶，吃馕，吃馍，吃肉。下乡期间，吴登云长时间跟牧民同吃同住，缺少蔬菜的营养，他不知不觉成了一个"烂嘴巴医生"。

别人笑他样子变丑了，吴登云却丝毫没有在意。因为他现在一门心思只想着怎样才能更快地提高自己的医术。

本来，他是名内科大夫。可是，来到帕米尔高原后，他才知道，在乌恰县做医生，还要拿得起手术刀。

一次，距离县城八十公里的老乌恰乡有个小伙子需要做阑尾手术，吴登云给那位病人打开了腹腔之后，却找不到阑尾了，因为病人的阑尾移位了。一时间，吴登云急得双手颤抖，几乎拿不稳手术刀了，可是，病人的父亲安慰他说："吴医生，你别急，我们相信你！"

吴登云很感动，连忙翻书寻找阑尾移位的手术方案，找到后，根据书上的指导，打开了病人的侧腹膜，最后成功完成了手术。

这次经历，让他非常感动，也恨不得让自己一下子变成手到病除的"神医"。

"乌恰的群众都非常淳朴善良，我在给他们治病的过程中，总是一次次地被他们感动。"吴登云总是这么说。

像做阑尾手术的小伙子的父亲这样让他感动的事，他还能举出一大堆例子。

一次，他在吉根乡给一个小伙子做扁桃体切

除手术，因为手法不熟练，吴登云是翻一下书，背一下，才做一会儿手术的。手术中，病人打了麻药不适应，还犯恶心了，吴登云急出了一身汗，那小伙子反而安慰他说："吴医生，没关系的，您慢慢来。做手术，就是要对着书看，才能做好的嘛！"吴登云听了病人这话，稳定了一下自己的情绪，最后，总算把手术成功做完了。

还有一次，老乌恰乡的一个牧民小孩病了，患儿的父亲来请吴登云去给他的孩子治病，途中要过一条大河。当时正是春末积雪解冻之际，河水比较深，时间又急，吴登云要蹚水过河，但那位牧民不让他先走，说："还是让我先过去，万一水深，我淹死了没关系，你是大医生，可不能让你出危险。"

"我是水乡长大的，我很会游泳的，这点水淹不死我的。"吴登云跟那牧民一再这么解释，但那牧民还是坚持由自己先过河去探路。

"他们都那么信任我，对我也那么宽容和爱护，我就更觉得自己肩上的责任重大了，唯有快快学好本领，以报答他们的善良与信赖！"吴登云说。

可是，要怎么才能快速地提高自己的医术水平，尤其是外科手术的"刀工"呢？吴登云思来想去，又刻苦阅读医学杂志，最后，有篇国外医生用狗做实验的报道让他眼前一亮。

"我也可以养狗，也可以用狗做各种医学实验呀！"就这样，吴登云踏上了养狗，给狗开刀的练功之旅。

他每个月用自己的工资买青稞，打成粉，煮成糊糊喂狗，给狗做阑尾手术、眼科手术、骨节手术以及肠、胃、肾等的切除手术。

自一九六四年开始，吴登云一共养了八条实验狗。他跟每一条狗的感情都很深，狗对他也非常忠诚。每年，他这个马背上的医生都有四五个月时间，要骑着马到全县各个乡去巡诊。马是他的好朋友，狗也是，因为狗也常陪着他去下乡，赶也赶不走。他在给狗做手术时，也会想方设法减轻狗的痛苦。狗的下颌特别长，做麻醉不容易，吴登云就买了一种软软的加油管，做成特殊的狗用插管，给狗进行麻醉。狗虽然对手术台有些害怕，但因为信任自己的主人，还是会乖乖地配合吴登云做各种手术；下了手术台，明明被麻醉得晕晕乎乎的，狗还会对吴登云摇尾巴呢！

这时候，吴登云就会像抱着自己心爱的孩子那样抱着他的实验狗，有时还心疼得掉下泪来，心疼自己的狗是全世界最不幸的狗。所以，每条狗去世后，他都难过得要命，还会给狗做个坟墓，像对待亲人一样为那些狗举行葬礼。

"每个手术，我都会先在狗身上做五六次实验，确保成功了，再给人做。我因此救了很多人，可是，我欠了一屁股'狗债'啊，真的很对不起那些跟我朝夕相处，对我充分信任和忠诚的白狗、黑狗、黄狗、花狗！"即使过去半个世纪了，吴登云对那些实验狗还是满怀歉疚。

吴登云一手培养出来的柯尔克孜族医生海拉提说，自己刚进医院时，对吴登云院长养狗做医学实验的事记忆最深刻："那时，像我们这样的边疆地区，到哪里去找医学实验的材料呢？吴院长就是聪明，想到了用狗做实验的点子。可是，狗跟人的感情很深啊！每次给狗做实验，对吴院长来说，都是一种情感上的考验。为了提高自己的医术，为了牧民们的身体健康，吴院长真的是百分之百付出。"每次说到自己的恩师吴登云，海拉提总是又敬佩又心疼。

其实，除了"马背上的医生"，吴登云在乌恰县，还有另一个尊称——"白衣圣人"。

那还是二十世纪七十年代的事。乌恰县文工团里，有个名叫哈里切的女演员，嗓音特别好。这年国庆节，她正准备去乌鲁木齐参加全新疆的歌唱比赛，可是，在这节骨眼儿上，她的扁桃体发炎了。这可把哈里切急坏了，她想请吴登云为她做扁桃体切除手术，又怕这个手术会伤了她的嗓子。她就四处打听手术的危害性，还打电话向新疆医学院的主任咨询，主任告诉她手术不会影响发音的，她这才放心地上了吴登云的手术台。

果然，她的扁桃体摘除后，不仅没有影响她的嗓音，她唱起歌来更加投入，唱歌水平似乎还得到了提高，她在歌唱比赛中一举夺得了头奖。

回到乌恰县后，哈里切兴奋地对吴登云说："吴医生，太感谢您啦！我要编首歌，唱给您！"

哈里切真的给吴登云编了一首歌，不久就在乌恰县传唱开了："吴登云医生心地非常好，像戈壁滩上的清泉水，他是我们帕米尔高原上的'白衣圣人'……"

就这样，牧民们都开始亲切地称吴登云这个马背上的医生为"白衣圣人"了。

病人的"移动血库"

虽然已经过去五十多年了,吴登云依然清晰地记得他第一次给病人输血的情景。

那是一九六五年七八月间,有个产妇大出血,陷入了昏迷状态。

"不行,这个病人得立刻输血,不然母亲和孩子就都没救了!"吴登云一看,着急地跟护士喊道。

"可是,咱们乌恰根本没有血库,怎么给病人输血呀?"护士为难地说。

"是啊,这可怎么办?"吴登云喃喃着,陷入了沉思。

随后,他眉头一舒,对护士说道:"可以找家属给她输血,你赶快给病人验血型。"

很快,病人血型验出来了,是A型血。可病人家属却不敢给病人输血:"输血?不行不行,把我们身体里的血抽掉,那我们很快就会死的。"

"怎么办,吴医生?"护士无助地看着吴登云。

"这样吧,还是输我的吧,我也是A型血。"吴登云挽起袖子,对护士说道。

"这……"护士犹豫着,在乌恰县人民医院的历史上,还没有过输血的先例呢!

"别磨蹭了,再不输血,这病人就没救了!"吴登云催促道。

护士开始为吴登云消毒,扎皮管。很快,三百毫升的鲜血,就从吴登云身上输进了病人的身体。

产妇醒来后,激动地抓着吴登云的手说:"吴医生,我输了你的血,心不慌了,有力气了!"

病人心不慌了,可是吴登云心有点慌,因为这是他平生第一次给病人供血,他不知道被抽血后自己的身体会出现什么状况。他喝了水,在手术台上躺了躺，又下床活动了一下，发现自己好像没什么不适，竟挑起水桶，要去河里挑水了。

"哎，吴医生，你刚给病人输了血，怎么能去挑水呢？"护士拦住了他。

"没事，我要试试看，输血之后还剩多少体能！"他轻轻推开护士，晃着水桶，朝远处的克孜勒苏河走去。结果，他把四十公斤水安全地挑回了医院，只是感觉有些气喘。这下他总算彻底放心了，跟化验室的医生说："壮年人给病人输点血，其实没事的，以后遇到危重病人需要输血，可以来找我，A型血的人比较多，我可以给很多人供血的。"

时隔一年，他的第二次供血机会来了。

那是一九六六年冬天，乌恰县人民医院收治了一位患功能性子宫出血的妇女。住院时，她的病情已经相当严重了，脸色煞白，全身无力，明明年龄不大，却像八九十岁的老人一样，步履蹒跚，气喘吁吁，一副病入膏肓的模样。

"这个病人需要马上输血，输我的吧！"吴登云二话没说，就让护士给这位A型血的病人输了自己的血。

输血后,病人很快就感觉自己有了力气,激动地对吴登云说:"吴医生,您的血一流到我身上,我就能坐起来了,下地走路也有劲儿了。吴医生对我们病人真是比亲人还亲啊,感谢您救了我的命!"

不久,病人出院了,吴医生献血救人的事迹,也很快在各个村庄里流传开来。

大家对这个老爱骑着马下乡为他们巡诊的马背医生,也有了更多的敬意。

有了第一次、第二次,当然还会有第三次、第四次,吴登云就这样开启了他为病人献血的故事。他一般每隔三个月就会为病人供血一次。有一次,才隔了一个月,他也给病人献血了。事后,他感觉自己走路软绵绵的,就像踩在棉花上一样。家里并没什么好东西补充营养,他总是喝点水,吃点香菜什么的,就算给自己补血了。有一次,他给病人输血后,护士见他又在吃香菜,就满怀敬意地跟他开玩笑:"吴医生可真是吃的是草,挤的是血啊!像一头'血牛'。"

就是这样一头吃草的"血牛",一次又一次用自己身上的血液,挽救了一个又一个病人的生命。

那还是二十世纪七十年代初,有一天,吴登云从牧区巡诊刚回到医院门口,就听院子里传出了一大群人的哭声。原来,有个才二十一岁的产妇,因胎盘滞留、子宫大出血而"去世"了。她的丈夫抱着刚出生的孩子大哭,产妇的父母、兄弟也在大哭。

"真可怜,这么年轻就丢下丈夫儿子走了,教她丈夫儿子以后怎么过呀!"围观的人也纷纷跟着掉泪。

吴登云急忙跳下马,跑过去看究竟。

产妇家属见了吴登云,哭得更悲伤了。产妇的丈夫哭着说:"吴医生,可惜您迟来了一步,要是有您在,我老婆就不会死了!"

"您迟来了一步,不然,我女儿就可能活下来了!"产妇的母亲也哭着说。

"你们别哭,让我先去看看她吧!"吴登云说着,大步流星走向了停尸房。

他仔细看了看那产妇,发现她真的是呼吸、

脉搏、心跳全没有了。

不过，吴登云检查她的眼睛时，发现产妇的瞳孔虽然涣散了，但眼角膜还没有浑浊。

也许，她还有救活的希望！吴登云这么想着，忙问护士："她是什么血型？"

"A型！"护士喊道。

吴登云立刻撸起袖子，伸出胳膊对护士说："快，给她输血试试看！"

结果，当吴登云的二百五十毫升血液缓缓注入这"死去"的产妇的血管时，这产妇竟然有了轻而快的心跳！后来，又有四个医护人员共给这产妇输了一千毫升的血，产妇被救活了。

就这样，吴登云硬是用自己的鲜血救活了一条人命！

"不到万不得已，决不能放弃患者的生命，只要有百分之一的希望，就要为患者做百分之百的努力！"这是吴登云行医以来为自己定下的规矩，也是他做院长后对医院所有医护人员的要求。

几十年后，他向别人说起这个神奇的起死回

生的故事时,却常常因为没记住这位产妇的名字,而觉得对产妇一家充满了歉意:"抱歉,我给病人输过的血太多了,我往往只记得有过这么一件事,却忘了他们叫什么名字,是哪里人!"

是的,在帕米尔高原上行医近六十年,他的鲜血、心血到底救活了多少人,他自己根本记不清了。

难忘"滴血"之恩

克孜勒苏河是乌恰县的生命之河,给戈壁滩上河谷中的小草、柳树带来了生命,给雪兔、呱啦鸡、黄羊等带来了生命,给我们祖国最西部的这片高原带来了生机。

吴登云的鲜血,输进病人们的身体,犹如克孜勒苏河,给病人们带来了新生的希望,也给他们的家庭带来了幸福的未来。

所以,他的每一滴血,都不会白流,都被病人和家属们深深记在心里。虽然吴登云自己什么也记不得了,但他的"滴血"之恩,病人和家属们永不会忘。

年近八旬的库尔班,怎么也忘不了四十多年

前的那一幕：一九七八年，他的小女儿玛依诺尔出生才三天，就遇到了生命危险，呼吸困难，昏迷不醒。吴登云紧张地对孩子进行施救，发现孩子需要输血，忙挽起袖子，喊护士来帮忙抽血："我跟这孩子血型相同，我们有缘哩，快抽我的血救她！"可是，他一个月前才给病人输过血，护士不忍心再抽他的血，说："你也总得想想自己的生命嘛！"吴登云想请别的护士帮他，可是，护士们都因心疼他而不同意帮他抽血。吴登云心急火燎间，就将注射器绑在床头，把针头扎进自己的手臂，再用手按住针头往外抽血。随后，一百五十毫升鲜血缓缓注进了玛依诺尔的小身体。玛依诺尔得救了，热泪顿时打湿了库尔班的脸庞、胡子，从此，他心中对吴登云救孩子的恩情念念不忘。

"做人就要像吴登云医生那样做一个好人！"库尔班在女儿玛依诺尔的成长岁月里，一直用这话来教育她。同时，这也是他无论走到哪里都挂在嘴边的口头禅。"吴登云医生把血献给了我们，把心掏给了我们，他还不值得我们永远敬重吗?"

跟库尔班一家一样,乌恰县黑孜苇乡的孔金英一家,也对吴登云的"滴血"之恩永世不忘。

一九八八年,孔金英生第一个孩子时难产,是吴登云给她输了血,才将她从鬼门关拉了回来。没想到,一九九〇年生第二个孩子时,她再次难产,导致大出血,又去鬼门关走了一遭。这次,是吴登云及其女儿吴燕,还有好几个乡亲一起给她输血,才救活了她。

没想到,当她抱着老二回家去坐月子,到第十五天时,她再一次大出血了。她被家属送到医院,当时,吴登云正在值班,孔金英的姐姐孔兰英惊慌失措间,居然冲过去一把揪住吴登云,大声嚷嚷:"吴登云,你还磨蹭什么?还不快去救我妹妹,我妹妹就快死了,你快点去给我妹妹输血呀!"

"不行,我们院长半个月前才给你妹妹输过血,怎么能总给你妹妹输血呢?人一个月内不能两次给别人输血的,难道只有你妹妹的命是命,我们院长的命不是命吗?"护士连忙把孔兰英拦住了。

"没事的,现在救人要紧,我再给她输一次血!"吴登云毅然朝急救室跑去。

"吴院长,你不要命啦?"那个护士当场就哭了。

当吴登云的鲜血再次流进孔金英的身体,从昏迷中醒来的孔金英忍不住泪流满面地说:"吴院长,我们一家欠您的太多太多了!"

"治病救人,这是我们医生的天职啊!"吴登云虚弱地笑着说道。

当他脚步踉跄地离开急救室时,孔兰英又歉疚又感激地走过去,一把扶住了吴登云说:"对不起,谢谢您!"

"应该的,我献出的只是一点点血,救活的却是一条命啊!"吴登云动情地说。

孔兰英当即泪流满面。

走在乌恰县的大街上,吴登云经常会遇到那些被他救治的病人走过来对他说谢谢。他总是说:"做医生,这种感觉,真的令我很自豪,很幸福!"

在他的带动下，他的女儿吴燕、儿子吴忠，都曾多次为病人输血。

吴燕在父亲的影响下，也学了医，成为乌恰县人民医院的一名医生。她常让小护士拿着她的胳膊做实验，学习扎针技术，以至于手臂上常常千疮百孔的。在病人需要输血时，她也会和父亲一样，毫不犹豫地一次次撸起袖子，把自己的鲜血献给危重病人。

吴登云的儿子吴忠在读中学时，常跟人吹牛说："你们会打个篮球算什么，我只要胳膊一伸，就能救起一条人命！"

"哼，吹牛！你胳膊一伸，怎么救人啊？"有同学不服，这么问他。

"我父亲医院来了危重病人，需要输血才能救活，这不，我胳膊一伸，叫我父亲从我身上抽一些血给那病人，病人救活了，我不就是胳膊一伸就救起一条人命了吗？"

"啊，那你可真是很厉害！"同学听了，马上就对吴忠心服口服了。

吴登云就是这样，用自己大写的人格，影响

着身边人，引导自己的儿女和医院里的医护人员，走上真纯、善美的助人之路；更用自己的热血，为乌恰人民带来一次次生的希望。

一般报道上写吴登云先后为病人献血三十多次，达七千多毫升。其实，吴登云共为病人献血达八千四百多毫升，这完全超过了他自己全身的血容量。说他是乌恰人民的"移动血库"，真的是一点儿也不夸张呢！

割皮救婴

那是一九七一年十二月一日,乌恰县波斯坦铁列克乡的牧民买买提明,一早就去牧场放羊了。他的妻子在火盆里放了一些牛粪,把儿子托呼托西·买买提明放在火盆边的摇篮里,自己提起水桶,准备去牲口棚挤牛奶。

虽然屋外冰天雪地、寒风呼啸,但屋内却暖和温馨,托呼托西的妈妈亲了亲儿子可爱的小脸蛋,扎好头巾,快速推开门,走了出去。

可不到半小时,她就听见从屋里传出了孩子异常凄惨的哭泣声。她忙扔下牛奶桶,冲进屋内,只见儿子正仰脸躺在火盆里!背上的衣服都被烧焦了,孩子的皮肤也被烧焦了。

"啊，我的孩子！"妈妈大哭，飞快地扑过去抱起孩子，只闻得一片皮肉灼伤的焦臭味。一时间，悲伤的妈妈几乎要晕倒了。

经过一路颠簸，托呼托西被父母送到医院时，已经陷入昏迷，气若游丝了。全身烧伤面积达百分之五十以上，由于当时交通不便，孩子送医又不及时，这样的伤员，即使在最现代化的医院，死亡率也是非常高的。

当时接诊的医生建议将孩子送到喀什的医院去，那里的医疗水平比乌恰高，更有救治的把握。可是，吴登云清楚这个孩子再也经不起长途跋涉了。

吴登云跟托呼托西的父亲买买提明说："你的孩子留在这里，我会尽百分之百的努力来抢救他。但是他现在身体很虚弱，长途跋涉的话也可能会死去。是走是留，你这做爸爸的来决定吧！"

"不走了！在这里还有救活他的希望，要是继续赶往喀什的话，孩子十有八九可能死在路上。我们不走了，吴医生，求求您一定要想办法救救我的孩子！"

"我一定尽力！"吴登云说着，立刻分秒必争地投入到抢救孩子的工作中。给孩子输液、输血，不眠不休地守护在孩子的病床前，三天后，孩子苏醒了，背上的"焦壳"也开始溶解。虽然孩子醒来了，但如果那些渗出液中的毒素被孩子吸收了的话，孩子也会有生命危险。不足两岁的孩子，身体实在是太娇嫩了呀！

但要是揭掉了孩子背上的那层"焦壳"，就必须立刻给孩子植皮才行。

吴登云曾在书上看到，可以采用植皮手术救治。吴登云用各种方法数次为孩子试验植皮，三天后，植皮成功了。吴登云高兴万分，以为孩子得救了。可是，又过了三天，孩子的身体产生了排异反应。

吴登云无计可施，就从孩子腿上取了皮，移植到烧伤处。可是，烧伤面积过大，孩子小，腿又细，自己不可能"给皮"那么多。

吴登云就反复研究《烧伤杂志》。终于，吴登云从杂志中找到了治疗孩子的好方法：可以在大量异己皮之间，植入一些孩子自己的皮肤，孩子自己的皮肤就会像池塘里的浮萍，最后会生长出一大片。

有了，最好让孩子的爸爸给皮，这样不会产生排异反应。吴登云兴高采烈地拿着那本医学杂志，托柯尔克孜族护士做翻译，详细地跟买买提明介绍了准备给他儿子施行的新型治疗方案，希望能从他身上取巴掌大的一片皮肤，移植到他的儿子身上。

"要拿我身上的皮？"买买提明大惊失色。

"没关系的，你很快就会康复的，而你的儿子将获得新的生命。"吴登云耐心地解释道。

"我考虑一下！"买买提明说着，就蹲在医院的角落里陷入了沉思。

过了一刻多钟，他才站起来，跟吴登云点点头。

吴登云让买买提明躺在手术台上，在他大腿上的取皮区域画了圆圈，用酒精了消毒，给他打了麻醉药。这时，买买提明紧张极了，拼命抬头看着自己的大腿。吴登云忙用手术巾盖住了买买提明的脸和眼睛,说:"没事的,一会儿就结束了!"

可是,买买提明听见护士给刀片消毒后,将刀片"叮"地放进手术器械盒的声音,他竟然一把掀掉手术巾,猛然坐起身,跳下手术台逃走了。

买买提明一边逃一边喊:"不行了,我的心脏要爆炸了!吴医生,您也尽力了,天天夜里守在他身边已经十几天了,您是大好人,孩子的性命就听天由命吧!"

买买提明喊完了,蹲在手术室门口,双手抱着头,死活不肯起来。

"小孩这么可爱,怎么能这样放弃呢?他现在两岁,十年后就是个放羊娃,二十年后就是个壮劳力,三十年后就有一个大家庭了。"吴登云跟护士说,"他父亲不给皮,我来给皮!"

"啊,那可不行,你刚给病人输过血,现在又要割皮给病人,那可不行,我不能给你割皮,你要学会爱护自己呀!再说,哪有医生为病人给皮的道理呀?"护士激动地说道。

"没关系的，你来吧！我不就是给出一点儿皮肤吗？我这么做，是可以救小孩一命的呀！"吴登云恳请护士为他割皮。可是，护士将手术手套一脱，跑开了。

手术室里，只剩小病人和吴登云自己了。

看着可爱的孩子，想着他以后可能拥有的美好未来，吴登云毅然为自己做了局部麻醉，用手术刀片，开始从自己的大腿上取皮。

一片，一片，又一片，吴登云一共在自己大腿上取下了七片邮票般大小的皮肤。他痛得实在受不了，不由得绷紧了小腿。

呀，他朝自己小腿上一看，那紧绷绷的皮肤好像比大腿上的皮肤还更容易割呢！于是，他又毫不犹豫地将刀片对准了自己的小腿，一片，一片，又一片，他又从自己小腿上取下了六片邮票大小的皮肤，然后拖着被麻醉的双腿，走向手术台，将自己的十三片皮肤移植到了托呼托西身上。

手术完成后，吴登云已经痛得汗流浃背了。

经过三天三夜的精心护理，托呼托西身上的皮肤和吴登云移植给他的皮肤都活了。又过了几天，孩子自己的皮肤慢慢长宽了，而吴登云移植给他的皮肤慢慢枯萎了。托呼托西的烧伤处，不久就痊愈了。

就这样，吴登云用自己对病人的满腔热爱，做出了孩子父亲都做不到的事，用十三片皮肤，挽救了一个幼儿的生命。

吴登云"割皮救婴"的事迹，以及他多次为危重病人输血的事迹也感动了当地人民。

而被吴登云救活的托呼托西·买买提明长大后，娶了妻，生了三个孩子，一家人生活得很幸福。正如吴登云当年所说的，他当时只是一个幼儿，可后来果然有了热热闹闹的一大家子。

为了感谢吴医生，长大后的托呼托西骑了一匹枣红马来到乌恰县人民医院，要把那匹马送给已经做了院长的吴登云，吴登云虽然笑着拒绝了，但那匹骏马的样子，却永远印在了吴登云这个马背医生的心中，托呼托西的这份心意，是吴登云收到过的最珍贵的礼物啊！

地震后的擎天柱

一九八四年,吴登云因为工作出色,被提任为乌恰县人民医院院长。

虽然做了院长,可吴登云依然是一个热心肠的一线医生,依然是一个骑着马踏遍了全县九个乡三十多个村庄四处巡诊的"马背医生",也仍旧是那位常常撸起袖子为病人输血的"白衣圣人"。

只是,作为一个医院的领导,除了给病人看病,他肩上还添了很多其他的担子,他变得更忙碌了。

那时,医院经费不足,连烧煤都成问题,吴登云就带着医护人员上昆仑山打柴。他把医生、护士们分成三组，两组留在医院值班，一组去几十里路外的山上打柴，他是打柴组的组长。因为路远，晚上不能回家，就到山上找个山洞过夜。渴了，喝山溪水，饿了，在野外吃点自己带的干粮。

"虽然很苦很累，但那些打柴的日子，也很有趣。吴院长带着我们几个年轻人去深山打柴，晚上住在山洞里，烧着篝火，烤着食物，大家一起说说笑笑，唱唱跳跳，也很好玩呢！"一九七六年从卫校毕业到乌恰县人民医院工作的海拉提医生，回忆起自己的青春往事，总是绕不开吴登云院长。

除了带着医护人员上山砍柴，吴登云院长还带着医护人员一起运煤块，做煤球，一起盖房子，盖新的门诊大楼。

"盖楼啊，虽然不像打柴有趣，但是，我们每个人都满怀憧憬，尤其看着吴院长亲自参与烧窑、挑砖这些工作，我们的干劲就更足了。可惜，没等到我们将大楼盖好，就来了场大地震！"虽然三十多年过去了，海拉提医生提起一九八五年八月二十三日乌恰县的那场7.4级地震，还是心有余悸。

大地震把乌恰县人民医院的一排老土房全都震塌了，幸好病人都及时被抢救出来了。但是，全县的伤员接连不断地拥入医院，院子里、废墟上，乌压压都是伤病员。这时，每个医生、护士除了给病人疗伤，手脚不停地为伤员找绷带，找药品，包扎伤口，还都跟吴院长一样，成了"移动的血库"。因为地震中被砸伤压伤的伤员多，伤病员失血多，一时间又无处可找血源，医生、护士们只好学吴院长的样子，抽自己的血给伤病员们输血。

每个医生、护士的血型，都是上表登记过的，哪个病人需要什么血型的血液，首先从自己医院的医生、护士身上找。那段时间，几乎每个医护人员都给伤病员输过血。

吴院长把自己身上能脱的衣服都给伤员盖上了，还不时要给伤员做人工呼吸。有一天晚上，下雨了，吴院长只穿着一件衬衣和白大褂冒雨救人，自己冻得瑟瑟发抖。直到天色微明，才靠着树干稍微休息了一会儿。天一亮，他又精神饱满，继续指挥大家为伤病员搭建起帐篷医院。

大家都拼命坚持着，坚持着，直到南疆军区第十二医院、克州人民医院、喀什地区第一人民医院援助乌恰县人民医院的医疗队来了，大家才累瘫在伤病员身旁。

旧伤员被接走了，新的伤员还在源源不断地拥来，大家稍事休息后，又跟着吴院长到医院的废墟上去寻找医疗物资。吴院长的身体本来挺结实健壮的，一场地震下来，他足足瘦了两圈。

"震后，他就像擎天柱一样，用自己的鲜血和双手，抢救了很多伤员。"乌恰县的老县长巴斯巴依·马提如今已经九十三岁了，可一提起吴登云，还是忍不住激动地提高嗓门儿，滔滔不绝地打开话匣子，"吴登云可真是乌恰人民的福星，他业务能力突出，组织上本来还想提拔他做副县长的，可被他拒绝了，他说自己还是喜欢做医生，这样才能更好地发挥自己的专长。"

老县长巴斯巴依·马提至今还清楚地记得吴登云初来乌恰县时，到吉根乡去治疗麻疹流行病的情景："那里有个斯姆哈纳村，就在边境线上，特别远，是一个连骑马都困难的地方。吴登云是走路去给那个村庄的人看病的，五十二公里来来回回走了很多趟。有个叫阿尔孜的老乡，有肠胃病，肚子一直痛，便血，人很瘦。吴登云完成吉根乡的工作回医院时，也把阿尔孜带回了医院，给他的肚子做了手术，帮他切除了好大一块肠道息肉。在当时的条件下，那可是个很大的手术，可吴登云做成功了。在做手术时，阿尔孜的血很少，吴登云还给他输了血。就这样，阿尔孜被吴登云治好了，肚子再也不痛了，人也长胖了，干活儿也有了力气，逢人便夸吴登云。还有，小黑孜苇乡依麻姆村有个牧民，在浇地时突然发现嘴巴张不开了，吴登云后来给他做针灸，扎了一针，就把他治好了，这个牧民也是逢人便夸吴登云。吴登云就这样成了牧民心目中的好医生、好儿子！"

据老县长巴斯巴依·马提介绍，震后，为了在新城建一座像样点的医院，吴登云可真是跑细了腿。他频繁地到各级政府去汇报工作，去申请资金，申请设备。在建新医院的同时，他还大力做好绿化工作，又不断把柯尔克孜族的年轻医生送去进修培训。终于，乌恰县建起了全克州最好的一座医院，也培养出了一支业务能力过硬的医生队伍。

一颗心，七万棵树

震后的乌恰县，在离老城七公里处建起了一座新城。在新城的建设过程中，绿化环境是一件大事，地震教会了人们要敬畏大自然。

在建造新医院的同时，吴登云院长带着全院的医护人员在业余时间开沟挖渠，从雪山上引来雪水，又从老城区一车一车地拉来地震土，用于植树造林。乌恰的气候条件太恶劣了，动不动就刮沙尘暴，每年几乎一入秋，就开始下雪。这里，除了胡杨、白杨、榆树、柳树和沙枣树，其他树很难生长。

茫茫的戈壁滩，荒无人烟，寸草不生。山山岭岭，目力所及，全是一片土黄。常年刮大风，风像虎啸一样。有时，大风卷起地上的砂石，就变成了一根根粗大的风柱子，顺着地势满地跑。风把牧民的帐篷掀了，把小羊羔卷上天，变成"羊羔风筝"，是这片土地上常常发生的事。

乌恰县人民医院的新址，位于县城西北部。这里本是一片戈壁滩，不仅没有现成的泥土，地下的岩层还格外坚硬。要在戈壁硬岩上挖出一个个树坑，那真是一项艰苦卓绝的工程。十字镐、钢钎、铁锹、开山锄等工具全用上了，医院的医护人员也齐上阵，一个个全变成了穿着白大褂的园林工人。

吴登云既是院长，也是整个植树造林运动的急先锋。看他高举着十字镐刨起坚硬如铁的岩石来，如做外科手术一般手法娴熟，医院里的医护人员们全都目瞪口呆，许多人都在心里赞叹：我们的院长不仅是顶好的全科医生，也是一个运斤成风的樵夫，还是个标准的老农啊！用镐用锄用铲，驾轻就熟，举重若轻。这世界上的事，还有什么是吴院长不会做的呢？

说真的，就是像吴登云这样从小学时就下地

务农，课余四处打零工赚钱养活自己还补贴家用的"老把式"，在对付那些坚硬的戈壁岩石时，也是蛮吃力的，他的双手也常常被十字镐的木柄磨出血泡。镐子往下刨，钢钎往下钉时，往往会在岩石上溅起火花，震得虎口发麻，手指发痛，有时还弄得鲜血淋漓。

"你呀，种树是为了绿化环境，稍微悠着点，又有什么关系？别使那么大力气。"吴登云的爱人杨晓安因为心疼吴登云，曾这样数落他。

"在这样的戈壁滩上搞绿化，也是给乌恰县做手术啊，不做好植树造林工作，任由环境恶劣下去，就连我们这代人尚且不能好好生存，更遑论我们的子孙后代在此安居乐业了。"吴登云如此回复爱妻。

杨晓安只好对着他温柔一笑。

吴登云的家，就对着乌恰县人民医院的大门，家门口、窗外、不远处医院的角角落落，全是他当年带领医护人员种植的白杨树。

每年种六千棵，吴登云带着大家连续种了十二年，一共种了七万两千棵树，且百分之九十的树苗都成活了。后来因为医院扩建，有些树被挖了，如今，医院里还剩下两三万棵白杨，都已经长成粗壮的大树了。

吴登云提到医院里的那些树，跟提到他的妻儿，提到那些医护人员以及他救治过的无数病人一样，满怀柔情。

话说当年，为了种树，吴登云不仅带领全院的医护人员一起刨开戈壁硬岩，挖出数万个树坑，还从天山支脉的小山上挖出了一条长达十二公里的引水渠，把山上的雪水一点儿一点儿引到了医院里，让这些树木有了"源头活水"。

可是，有了树坑，有了活水，还缺一样最根本的东西——泥土。

戈壁岩虽然被刨开了，可一个个树坑，只是一个个岩洞，并没有泥土可以种树，怎么办？没有土，吴登云就号召大家想方设法去挑土运土。

到哪里挑呢？乌恰到处是戈壁，泥土就跟江南的稻米一样珍贵呢！吴登云想到了七公里以外，曾被地震震塌的老医院里的那些泥墙土。为了去那里运土，医院特意买了一辆三轮车，每车装土四立方米,正好可以种八棵树。

"我们的老院长,可是有名的大力士。挖树坑他是行家里手,挑土更像他的老本行——真不愧是学生时代就去砖窑打工挑土坯的'老挑',他挑一担土,简直能抵我两担!"回忆起当年的植树时光,吴登云培养的高徒海拉提总忍不住想跟人夸夸老院长。

是啊,一棵棵白杨,现在都是参天大树了,一棵树,一个人往往都抱不过来了。可当年就是这么千辛万苦种起来的,挖坑一手血泡,挖渠一手血泡,挑土、运土是两脚血泡、两肩血泡,说那些树都是血汗树,真的是一点儿也不为过。

要说吴登云——这个用生命来援疆的马背医生身上有什么可贵的品质,有什么感人的故事,请看看那些在风中簌簌轻吟的白杨树吧。它们历经严寒酷暑,历经风霜雨雪,依然长成了挺拔的模样。

"二十四桥明月夜"

"青山隐隐水迢迢,秋尽江南草未凋。二十四桥明月夜,玉人何处教吹箫?"这是唐代诗人杜牧写的《寄扬州韩绰判官》。公元八三三年至八三五年,杜牧曾在扬州担任淮南节度使牛僧孺的掌书记,和同僚韩绰判官成了好朋友。杜牧后来离开扬州,入朝做了监察御史,可是郁郁不得志,他特别怀念扬州的好友与风景,写下了这首诗。

随着杜牧此诗在民间的广泛传播,"二十四桥明月夜"也成了扬州的代名词。虽然"二十四桥"到底指的是二十四座桥,还是指桥上曾有二十四位美人吹箫的吴家砖桥,至今尚无定论,但是，只要一提到"二十四桥"，人们便知是指扬州无疑了。

这首诗，也是吴登云来到帕米尔高原后吟诵得最多的一首。他在骑着马去牧区巡诊的路上吟诵，在给病人输血后默默坐着休息时吟诵，在一个个深夜去医院查看住院病人的"闲庭信步"中吟诵，也在一个人静静地坐在克孜勒苏河边钓鱼时轻轻吟诵。漫天风沙曾倾听过他的歌吟，皑皑白雪曾倾听过他的歌吟，他身上的白大褂、胯下的大白马、门前的小白杨，都曾倾听过他用正宗吴语轻诵的这首千古名诗，只因这诗里，有他最深的乡愁。

"到乌恰后，我也织过渔网。少年时，我几乎每天都要织渔网，那是为了吃饭活命、赚钱求学，来乌恰后织渔网是为了抓鱼，抓我们江南人的记忆！"听吴登云说这话，你会觉得，他也是一个深情浪漫的诗人。

其实，这位来自扬州的马背医生，骨子里还真的是一个天真热忱的诗人呢！他把满腔的激情，化成了最真实的大地上的诗句，因为他在医院的白杨林中，真的筑起了二十四座小小的石拱桥，还在院子里的水池中种满了"荷花"。

以乌恰的高寒气候，荷花当然是不可能生长的，他种的是不一样的荷花——铁荷花。每一支荷柄，每一片荷叶，每一朵荷花，都是用钢筋焊接起来的。这些铁荷花，带着特有的水乡风韵，密密麻麻挤满了整个水池，成了乌恰县人民医院的一道亮丽风景线。

人们只要一走进乌恰县人民医院，就会感到一股清新的气息迎面扑来。吴登云竟然在帕米尔高原的戈壁滩上，营造了一座充满江南气息的现代化医院，也难怪它会成为全新疆著名的园林式医院。

无论是吴登云自己，还是医院里的医生、护士，来医院求医的病人，只要一看见那个荷花池，心情就会开朗起来。一旦步入院子右侧的白杨林，踏上洁白雅致、回环曲折的二十四桥，大家都感觉自己仿佛来到了扬州，走进了一片清丽的江南风光之中。

"青山隐隐水迢迢，秋尽江南草未凋。二十四桥明月夜,玉人何处教吹箫?"每当吴登云吟诵起这首古诗,眼前就仿佛荡漾起了扬州瘦西湖的柔波,耳边仿佛传来了老家大运河里此起彼伏的欸乃声,鼻前仿佛摇曳起白莲、红莲、稻花的清香。

这个兢兢业业为乌恰人民奉献了青春热血的好医生,早已经在帕米尔高原上扎下了根。可是,乡愁总是不请自来,像藏在杜牧的诗里,也像藏在他梦里的一只小兽,冷不丁地跑出来咬他一口。他常去医院的荷花池边静立,常去白杨林中的二十四桥上徜徉。

虽然脚下有雪水叮咚作响,犹如江南的春溪在弹唱,但耳边呼啸的罡风,时时刻刻提醒着他——这里是祖国的"西极",他已离家万里。有时,这个健壮的大男儿,也忍不住泪湿眼眶,老家有他最牵挂的亲人,而他要回一趟老家,太不容易了。

"回去一趟,路上得走半个月,来回就得一个月,还要花去半年左右的工资。那时候,连给老家打个电话也不是件容易的事,只好尽量多给家里寄点钱，嘱咐弟弟好好照顾父母！"一说到弟弟，吴登云就眉开眼笑了，弟弟是他的骄傲。

"弟弟读书很好，现在已经是总工程师了，还做了船阀公司的董事长，手下有一万多名工人。我读初中时，弟弟才出生，小时候家里穷，我每个星期六的午饭都舍不得吃，用荷叶包回家给弟弟吃。没想到，弟弟特别有出息，我来新疆后，家里就全靠他照顾了。"

一九六九年，吴登云的母亲去世了。当时，吴登云正在牧区巡诊，当家乡发来的电报传到他手上时，已经是好几天以后了。没能回家见母亲最后一面，成了吴登云此生最大的遗憾之一。

"来新疆之前，我身上穿的衣服都是妈妈亲手缝的。如今，再也见不到妈妈了，她去世，我都没见到她最后一面，想起这些，心里就痛。"吴登云时常想念母亲，想家想得心痛。

在高原上生活了大半辈子的他，如今的乡愁就是一首古诗，一池钢焊的荷花，院子里小巧玲珑的二十四桥，偎依着的满院子的亭亭白杨和广袤的戈壁风光。吴登云的心，粗犷如大漠，又细腻如江南的月下荷影。

进入新世纪后,随着医院的不断扩建,新的门诊楼建立,荷花池和二十四桥先后被填平撤除了。虽然周围人都替吴登云感到遗憾,但是吴登云却说:"医院能发展壮大,是我梦寐以求的好事啊,那些铁荷花、小石桥,永远在我心里了,我一点儿不遗憾。现在,荷花池原址上建起了一座白求恩塑像,这更是我喜爱的。白求恩医生是我最敬仰的前辈,我要永远向他学习!"

而吴登云自己,早在一九九九年的时候,就获得了"白求恩奖章"。

如今,早已退休的吴登云仍旧天天去医院坐诊,每次去医院,他都会在白求恩塑像前站立片刻。能够和自己的偶像站在一起,吴登云感到无比幸福。

"二十四桥明月夜"

"海拉提们"是这样炼成的

吴登云的偶像是白求恩,而对于乌恰县的很多年轻医生来说,吴登云就是他们的偶像。他行医行善、建医院、搞绿化的同时,从来没有停止过对年轻医生的鼓励和培养。

乌恰县的老县长巴斯巴依·马提说:"吴登云给乌恰人民做了很多贡献,其中有一个就是培养了六十二位少数民族医生,比如后来当了医院书记的海拉提,比如周论·买买提卡热、吐尔洪别克·买买吐尔干等,他们如今都是乌恰县医生中的中坚力量。"

老县长一提起吴登云这个小兄弟,黑黝黝的脸上就会爬上凌霄花似的灿烂笑容。孤儿出身的老县长，从小给人放牧，吃尽了人间的万般苦头，他也是新疆第一批少数民族党员，对党和政府有着无比深厚的感情，对党和政府派来的这个汉族医生吴登云，始终心存感激。虽然他是吴登云的领导，可是，他对吴登云的感情，就跟对牧区的其他牧民是一样的。

而经吴登云一手培养起来的医生海拉提，则更加尊敬和感激老院长吴登云："那时我年轻，贪玩，有次竟忘了去医院上班，吴院长狠狠批评了我一顿，我至今都忘不了他那恨铁不成钢的眼神。还有一次周末，我急着要和朋友出去玩，没有把一个哮喘病人的病情写在病历上。结果，星期一早上，吴院长就把那本空白病历狠狠地摔在了我面前，对我大吼：'你就这样对待病人的吗？'后来我才知道，他是要培养我这名年轻的少数民族医生，所以才对我要求格外严格。就这样，我在吴院长的教育下，慢慢成长。吴院长还给我创造了各种机会出去深造，我是克州卫校毕业的中专生，当年分配工作时，别的县医院嫌我学历低，可是，吴院长说学历低不怕，他可以培养我。后来，吴院长送我去乌鲁木齐的大医院学习深造。像我这样的少数民族医生，吴院长一共培养了六十二个。"

海拉提曾跟吴登云院长一起上山砍柴夜宿过山洞，一起挑砖搅水泥建过医院，一起挖坑运土种过白杨树，但更多的时候，他是做吴院长的助手，跟随他一次次去乡下巡诊。在巡诊途中，他一次次看到了吴院长对医疗事业的热爱和执着，对病人的呵护与关爱，对乌恰这片土地的眷恋深情，也一次次地被吴院长吃苦耐劳、无私付出的精神感动。

"我在乌恰生活了五六十年，有很多牧民给我送过白毡帽。柯尔克孜族群众是很勤劳质朴的，也很讲民族团结，我喜欢他们的白毡帽！"吴登云对柯尔克孜族的白毡帽和对柯尔克孜族群众的感情一样深。

吴登云永远忘不了他初来乌恰时，见到第一个汉族医生的情景。那是他来乌恰县人民医院上班的第一天，有个来自内地的医生，一见到吴登云就把听诊器交到他手里，说："谢谢你来，你来了,我就可以走了!我在这里干了五年,受够了,你在这地方肯定也待不长的。"

"我一定努力待得时间长一些。"那时的吴登云,还没有足够的信心说自己要在乌恰坚守一辈子这样的话。

他坚持下来了。不是每个内地医生都能像吴登云这样,愿意扎根边疆,做一棵屹立不倒的胡杨树。

"一定要为乌恰县培养本地的医生,他们祖祖辈辈的根在这里,只有他们学会了真本领,这片土地上才有了自己最可靠的好医生。所以,我重点培养了许多像海拉提这样的少数民族医生。""海拉提们"就是这样诞生的。

他们每一个人,也都是经由吴登云手把手带上路的。做手术时,吴登云先是让他们做助手,慢慢地,变成了吴登云做他们的助手。术前,吴登云会和这些医生一起制定手术方案;手术中,他在一旁压阵;手术结束后,还要仔细和他们一起做总结。每次下乡,吴登云也会不厌其烦地给乡镇卫生院的年轻医生们当技术指导老师。

"他呀，一颗心，一半扑在救治病人上，另一半扑在培养年轻医生上，医院才是他真正的家。"说起吴登云对乌恰县医疗事业的贡献，他的爱人杨晓安老师的语气里有自豪，也有幽怨。

"海拉提们"在吴登云的心中，甚至比亲人还重要啊！

"他们才是乌恰县人民医院未来的希望！"吴登云说。

在吴登云的努力下，现在医院里有百分之七十的医护人员都是少数民族。过去，这家连阑尾手术都做不好的医院，现在，除了开胸、开颅手术不能做，其他常规手术都能顺利开展，医疗水平在边疆县级医院中遥遥领先。

"如今，我们乌恰县人民医院跟别的医院比，最大的特点就是医生们都爱扎根在乌恰，因为他们本来就是乌恰人！"每次提起这一点，吴登云都感到无比自豪。他不仅为乌恰这片土地奉献了自己的一生，更在乌恰这片土地上，培养了一大批德才兼备的接班人。

而他自己，也一刻都没有放松对医术的刻苦

钻研与学习。他曾两次去喀什医院和乌鲁木齐医院深造进修。进修期间，他早上苦读医书，上午去外科协助主刀大夫做手术，下午去妇产科做助产士，晚上还得请求牙科医生、眼科医生为他讲解治病的经验。总之，他舍不得浪费一分钟时间，就像海绵那样，源源不断地汲取着新知识，学习着新本领。

当别人笑他求学太疯狂时，吴登云憨憨地回应说："我每多学一点儿本领，就能多给病人一份生存的希望啊，我怎么敢懈怠呢？"

就这样，吴登云和他培养起来的一大批少数民族医生，在祖国的西部，形成了一支崭新的"医疗铁军"，用自己的大爱仁心和精湛医技，守护着祖国"西极"百姓的生命健康。

"海拉提们"是这样炼成的

最慷慨的穷院长

一九八八年,乌恰县有个女孩小李,不幸遭遇车祸,膀胱破了,留下了漏尿的毛病,这对于一个青春貌美的女孩来说,是多么痛苦啊!

为了治病,她去过克州市人民医院,可手术失败了。

这事传进了吴登云的耳朵。

吴登云心想:我是个医生呀,我应该试着为这个女孩治疗!

于是,他主动找到小李说:"姑娘,别担心,你来我们县人民医院,我试着给你治治看!"

"谢谢您,吴院长。谢谢您大老远地来看我,可我们家根本没钱看病了,亲戚朋友能借钱的人家也都被我们借遍了，就是您有办法给我治，我也付不起医疗费了啊！"小李哭着对吴登云说。

"这样吧，住院费、手术费我们医院能免的都给你免，你只要出一点儿药钱就可以了，行吗？"吴登云跟小李和她父母商量。

最后，小李住进了乌恰县人民医院，吴登云亲自给她做了膀胱修补手术。手术成功了，可不久，刀口处又因尿液腐蚀溃烂了。吴登云就用中西医结合的方法，一边用负压吸引器给她导尿，一边用紫草、芝麻油加蜂蜜为她涂伤口，给她的肌肉增加营养，还给她做了皮肤移植手术。就这样，小李的伤口慢慢愈合了。吴登云又给她接着做手术。

吴登云一共为小李做了三次手术，破损的膀胱彻底被他补好了。

小李出院时，一下子跪倒在吴登云面前，哭着说："吴医生，我的命是您救的，教我怎么感谢您，报答您好啊？"

"傻姑娘，你好好生活，就是对我最好的感谢和报答啊！"吴登云扶起小李，笑着将她送出了医院。

没过几天，小李又回来了。她拿来了一面特殊的锦旗，那是她自己买了丝线和红绸布，亲自为吴院长绣的，锦旗上"妙手回春"几个字红艳艳的，就像小李那颗对吴登云感激不尽的红心。

"没有吴登云院长伸手救我，哪有我这幸福的人生啊！"这样的话，小李这二十几年来，已经跟人说过无数遍了。不过，无论说多少遍，她总觉得自己还没说够。

那时，吴登云家里有三个孩子，生活也很不容易，可因为小李家无力支付医疗费，吴登云不仅为她免除了手术费，还为她垫付药费，敷伤口的紫草、芝麻油和蜂蜜，也都是他自己掏钱买的。吴登云不仅治愈了小李的病，拯救了她的生命，他这个穷医生，更是用自己慷慨的义举，温暖了小李的心。

在乌恰县做了近六十年医生，现在吴登云只要出门，总有认识不认识的人拉着他的手说："吴医生，多亏了您啊，给我治好了病！"

他治好的病人太多了,很多人他都不记得了,但病人记得,尤其是像小李这样生活拮据的病人。吴登云自从做了院长,就对全院的医护人员说:"只要病人有百分之一的希望,我们就要花百分之百的努力去救治,决不能让病人因为没钱治不起病!"

乌恰县自然环境恶劣,以前是贫困县,交不起医疗费的病人很多。吴登云就规定,确属贫困户的病人,医院只收药费。如果连药费也交不起的,可以先"赊账",等秋后牵着羊来卖给医院,或者等病好了来医院打零工抵药费。

来自湖北省武穴市的农村小伙子干火云,就曾是医院的病人,后来成了医院的门卫。那是一九八七年,来乌恰县打工的干火云,因为胃痛晕倒在路边,被好心人送进医院后,干火云却死活不愿住院:"我没钱住院啊!"

"先治病要紧,钱以后再说!"吴登云了解情况后,亲自去劝说他留了下来。在医护人员的全力抢救下,干火云脱离了生命危险。一个月后,医院要为他做胃切除手术,可是在乌恰县举目无亲的干火云不愿配合治疗，说："连个给我的手术签字的家人都没有，更不用说术后谁能来照顾我了。"

"小干啊，你放心，手术由我亲自给你做，钱先由医院给你垫，吃饭、护理也由医院给你想办法！"吴登云再次与干火云谈心，将小伙子留了下来。

那天，吴登云亲自主刀，给干火云做胃切除手术，从傍晚六点开始，一直做到半夜，将他溃烂的胃切除了三分之二。手术成功后，吴登云还担心干火云可能会出现不适的情况，留在病房陪了干火云一夜。

出院时，干火云一共欠了医院两千五百块钱，小伙子很发愁。吴登云将两百元钱递到他手里说："这是我自己的钱，送给你做营养费。等你身体恢复了，可以来医院找点事做，这样，你欠医院的钱就不愁还不掉啦！"

在干火云康复的过程中，吴登云常常去探望这个孤身在外的年轻人，每次都会给他留下一点儿钱，因为他知道，干火云由于身体原因，已经不能再在工地上打工了。吴登云担心他吃不好、穿不暖、睡不好，总替他操着心。

后来，见干火云身体恢复得不错，吴登云就把他招进医院，让他做了门卫。干火云把对吴登云的感激深藏心底，也时时体现在工作中。他这个医院门卫，做什么事都很踏实，对每一个来到医院的人都很热情，完全把乌恰县人民医院看成了自己的家。

为了给那些从遥远牧区赶来看病的病人和家属节省开支，吴登云还带着医护人员在医院的后院搭起了帐篷，在里面铺了地毯，放了棉被，好给病人及其家属免费住宿。

吴登云这个院长啊，总是这样，穷尽一切心思，只为了救治每一个病人，只为了方便每一个病人。

他的血在许许多多病人身体里流淌，就像沙漠中的雪水。只不过，雪水是冰冷的，而他的血是滚烫的。他的心，在更多的病人身上跳动，就像戈壁滩上的那些呱啦鸡，只不过呱啦鸡的呼唤是无意识的，而吴登云的心跳，是一首最美的民族团结之歌。

泪别老父亲

一九六九年七月的一天,吴登云正骑着马在吉根乡巡诊,邮递员翻山越岭找到了他,把一封电报交到他的手里。电报上赫然写着"母亲病危"四个字,那一刻,吴登云看看四周的万重群山,绝望的泪水潸然而下。

平生第一次,他恨自己离家如此遥远;平生第一次,他痛恨自己当初没有听母亲让他留在扬州做医生的话;平生第一次,他看着高原上的一山一石,觉得它们全变成了刺痛他心灵的尖刀。

他一边流泪,一边骑着快马飞奔,拼命追赶着自己心中的那一张慈颜。可是,马儿跑了近一天,才跑到乡政府所在地。他忙给家里拍了个电报:"全力抢救!"同时给家里汇出一百块钱。

第三天,他还没有回到乌恰县城,邮递员又找到他,给他送来了一封新电报:"母亲去世!"

吴登云太伤心了,在山上整整哭了一天,回信给亲人说:"把母亲的骨灰保存好,等我回家再安葬!"

吴登云的母亲是突发脑溢血去世的。在乌恰这么多年,吴登云最悲伤的就是,自己学了一身本事,却没能为母亲解除一点儿病痛。

这样的悲痛,时不时要从大脑中跳出来,噬咬他的心。

吴登云常常回忆起母亲的样子:精干,聪明,家里大事小事常常是她做主,母亲是整个家的主心骨。在过去的贫困岁月里,父亲曾带着弟弟去讨饭,母亲留在家里,天天因心疼小儿子哭泣,怕他被狗咬了,怕他吃不饱,怕他受人欺负,更怕他夜里着凉,生了病。多年以后,吴登云回忆起母亲当年的眼泪,自己的眼眶里还隐约有泪花闪动。

母亲一直觉得对他这个大儿子很亏欠,因为

吴登云上学时必须天天靠织渔网赚取饭票，周末还四处打工，母亲曾自责她不能给两个儿子更好的生活。

可是，当吴登云和弟弟都有了出息之后，母亲还没来得及享福，就早早去世了，而且吴登云还远在边疆，远在帕米尔高原上，几乎没有对母亲尽过一天孝。

想起母亲，吴登云怎能不痛彻心扉？

不知不觉，就到了一九八六年。这年初春，吴登云又收到了来自故乡的电报："父亲病危，务必回趟家乡与老父亲见一面！"

这次，吴登云不想再错过与父亲见最后一面的机会，留下终生遗憾了，所以他即刻就启程往扬州赶。

那时车马慢，吴登云在路上辗转了半个月，才抵达扬州老家门口。

吴登云看到父亲时，眼里一下子涌出了泪花，父亲被胃癌的病痛折磨，已经瘦成了一把干柴。

"儿子啊，你终于回来啦！"父亲笑着，颤巍巍地握住了吴登云的手，吴登云顿时泪如雨下。

"对不起,父亲,您受苦了!"他紧紧抓着父亲那皮包骨头的手,怎么也舍不得放开。

在老家的那些日子,他一分钟也舍不得和父亲分开,白天寸步不离地守着父亲,夜里和父亲睡在一张床上,为父亲端茶送水,陪父亲聊家长里短,回忆父亲年轻时的样子。

吴登云对父亲说:"还记得以前吗?那时为了供我上学,您挑一担谷子去卖,卖了钱给我交学费,我想起这一切就心痛。我现在离家这么远,您生病了,我更心痛,爸爸,我真的对不起您啊!"

"你在边疆,救治了那么多人,给许许多多家庭带去了幸福和希望,这就是对我最好的报答,我为你感到自豪和骄傲!"父亲抚摸着儿子宽阔的肩膀,动情地说。

"爸爸,我要去抓鱼,给你熬鱼汤喝!"吴登云忍着泪,对父亲抛下这句话,便跑到运河边,大哭了一场。

眼前的河,还是他小时候的模样,可他已经失去了母亲,现在父亲也病入膏肓了,他怎能不泪飞如雨?

于是,此时的吴登云把为父亲抓鱼当成了一件非常神圣的事来做,他拿起了久违的渔网,驾上了久违的渔船,迎着早春凌厉的寒风,出发了。

鱼篓里已经有了不少鲫鱼、青鱼和小虾。回家后,他忙着剖鱼,炖鱼,熬了浓浓的鱼汤端到父亲面前,半跪着,用汤匙一小勺一小勺地喂给父亲喝。可是,病重的父亲微微张开了嘴,含着鱼汤,却几乎不能下咽了。

他抱着父亲痛哭,父亲却催他快回新疆去。因为父亲听到了吴登云夜里辗转反侧的声音,知道他的一颗心有一半还留在乌恰县正在兴建的医院工程上。地震后,医院重建,吴登云放心不下工作。

"儿子啊,你还是尽快回去吧!早一天把医院建好,乌恰人民就能早一天用上!"父亲劝说道。

"可这种时候,我怎么舍得下你!"吴登云又抱着父亲哭了。

"你放心地走吧，回到乌恰后，多寄几张照片给我看看就好！"父亲恳切地对吴登云说道。

最后，吴登云含泪踏上了回乌恰的旅程。

数月后，父亲撒手人寰。

痛断肝肠的吴登云，给弟弟写了一封信说："请帮我在爸爸坟上种一棵柏树，让这常青树代我陪伴着爸爸！"

信寄出后，吴登云静静地伫立在新医院的建设工地上，任思亲的泪水流了个够。

那段时间，只要妻子一煮白米饭，他就感慨万千。他的父亲种了一辈子稻谷，是一辈子任劳任怨的农民。他深知李绅《悯农》这诗的真味："锄禾日当午，汗滴禾下土。谁知盘中餐，粒粒皆辛苦。"

辛辛苦苦在田地里打拼了一辈子的父母，临终时，作为大儿子的他却不能守在身边，这是吴登云此生最大的遗憾。

吴登云想，也只有更努力地为边疆百姓服务，做好牧民们的儿子，才能对得起家人对他的付出，父母对他的期望。

他的弟弟也非常支持哥哥，按哥哥所言，在父亲墓前种下了翠绿的柏树。这柏树啊，在江南的烟雨中，骄阳下，四季常青，恰如哥哥那颗思念亲人、思念家乡的心。

吴登云则在茫茫戈壁滩上，在新的乌恰县人民医院院子里，建起了铁荷花池，建起了美丽的"二十四桥"，把这座医院建成了边疆地区最美的园林式单位，同时，也把自己的乡愁牢牢地焊在了那一朵朵怒放的铁荷花上，深深地藏在了"二十四桥"的桥墩里。

痛失爱女

吴登云的爱女吴燕,也是乌恰县人民医院的医务骨干,以身殉职已经二十多年了,可乌恰县的老百姓还常常念叨着她。

黑孜苇乡的陈月英不会忘记,当她的儿媳难产时,是吴燕和吴登云一起给自己的儿媳输了血,救了她的儿媳和孙子。

县公安局的赵家喜不会忘记,他的女儿出生时,也是吴燕和吴登云一起给他的媳妇输了血。

乌恰县人民医院的护士们不会忘记,她们刚进县医院时,不会扎针,每次都是吴燕医生撸起袖子,给她们当练习扎针的"活靶子"。

乌恰县的乡亲们不会忘记,吴燕这个美丽的

丫头，总爱挽着父亲吴登云的手进进出出；这个美丽的丫头，对谁都是一脸善意的微笑；这个美丽的丫头，在病人需要献血时给他们输血，在病人无钱吃饭时，会偷偷地塞钱给他们。

在乌恰县有这样一对双胞胎姐妹，姐姐叫阿司力比·阿曼开地，妹妹叫阿克力比·阿曼开地，姐姐的名字是珍贵平安的意思，妹妹的名字是聪慧平安的意思。她们一直喊吴燕妈妈，因为吴燕救了她们亲生母亲的性命，也救了姐妹俩的性命。

这对双胞胎姐妹的家在羊场。她们的爸爸是乌恰县羊场小学的老师，妈妈在羊场幼儿园教书。妈妈布如丽·艾买提在羊场临产时，正好在下大暴雪。当时，妈妈不知道自己怀的是双胞胎，没有意识到自己在家生产的危险性。她肚子痛了很久，孩子就是不愿钻出妈妈的肚子——妈妈难产了，爸爸只好赶上毛驴车，把她往县城的医院送。他们冒着大风雪来到县人民医院时，妈妈早已经痛得死去活来，鲜血染红了被子。因为妈妈失血过多，几近休克。当时正碰上吴燕值班。吴燕跟布如丽·艾买提一样，都是A型血，所以她二话没说，就在布如丽·艾买提的病床旁躺了下来，叫护士帮她抽血，输给布如丽·艾买提。

最后，布如丽·艾买提渡过了生死关，生下两个漂亮的女娃娃。两个女孩的爸爸拉着吴燕的手，感激得泪流满面："你救了我妻女三人的性命呀！"

虽然当时吴燕还很年轻，可是，阿克力比·阿曼开地和阿司力比·阿曼开地姐妹俩自从会开口说话，就一直把吴燕当成了自己的另一个妈妈。

"吴燕妈妈就是这么一个有着大爱情怀的好人！真的没想到，在我们八岁时，她却殉职了，可把我们哭坏了！"讲起离去的吴燕妈妈，阿克力比·阿曼开地的心情至今依然不能平静。

"那么好的吴燕妈妈，失去她，吴登云爷爷该多么悲伤啊！我们现在每年都会去看望吴爷爷，因为我们身上流着他女儿的血呢！吴爷爷看见我们，总是又高兴，又悲伤……"每次讲起吴登云失去爱女的悲痛之情，阿司力比·阿曼开地总忍不住要流泪。

那是一九九七年五月的一天，吴燕正在家里休假，陪伴年幼的儿子。这时，她接到了爸爸打来的电话。原来，乌恰县公安局有个民警因患癌症生命垂危，公安局党委请求医院派医生护送这位民警去乌鲁木齐的医院找专家诊治，吴登云立刻派女儿吴燕前往。吴燕接到爸爸的电话，二话没说，就出发了。

"妈妈，我也想去乌鲁木齐玩！"儿子拉着她的袖子，想黏着妈妈，跟妈妈一起去。

"宝贝，妈妈是去工作呢！等下次妈妈有空，专门带你去乌鲁木齐玩！"说着，吴燕走出了家门，再也没能回来。

在从乌鲁木齐返回乌恰途中，司机疲劳驾驶导致车祸，吴燕不幸当场身亡。

吴登云得知女儿殉职的消息时，悲痛得晕了过去。醒来后，他呆呆地坐着，只是默默垂泪。

"多好的孩子呀！本来还正在休假，可是……"女儿的音容笑貌，一直在吴登云心上飘，吴登云几乎被悲痛逼疯了。女儿之所以选择从医，完全是受他这个父亲影响啊！

　　他跑到老县城的医院废墟上，长久地徘徊在一片杏林里。这片杏林，是他在女儿小的时候种下的，女儿最喜欢在杏林中玩。每一棵杏树，都是女儿的好朋友，都留下了女儿爬上爬下的记忆，留下了女儿童年、少年时的笑声。看见那些杏树，吴登云心如刀割，他抱着一棵棵杏树，大哭了一场又一场。

　　面对年仅四岁半就失去了母亲的外孙，吴登云更是悲伤。孩子才刚刚学会唱歌，最喜欢唱《世上只有妈妈好》，可是，他从此没有妈妈了。

拒回梦中故乡

女儿走了。

吴登云一次又一次地陷入了深深的自责。

他常常想,要是当年不来万山之祖的帕米尔高原,那么,吴燕也不会来。这孩子是两岁时随妈妈从扬州来投奔爸爸的。

他也常常想,早在二十世纪七十年代末,老家就有很多医院想请他回去工作了,他要是早早调回扬州去,女儿也就不会出事了。

当吴登云再次徘徊在老医院废墟中的杏林中时,他记起了女儿以前跟来采访自己的记者说过这样一段话:"我爸爸不仅把自己的全部精力献给了乌恰县的医疗事业,也把我们全家人留在了这里，扬州那边的医院一次次想请他回去，都被他拒绝了，因为他觉得乌恰人民更需要他。老爸的选择，也是我的选择，我很自豪，能跟爸爸一样，为这高原上的老百姓做出应有的贡献！"

想起女儿的话，吴登云禁不住再一次泪流满面，同时，心里也稍微感到了一丝安慰。是的，留在帕米尔高原上做一名医生，既是他的志愿，也是女儿的心愿。

二十世纪八十年代，组织上曾想提拔吴登云当副县长，可是，他拒绝了。他说："我的专长是医术，还是让我留在医院里，更能发挥我的光和热！"

那时，很多熟人都笑吴登云傻，在边陲小城乌恰县，副县长真是顶大顶大的"官"了，是多少人梦寐以求的职位，却被吴登云轻易拒绝了。

那时，吴燕还是个不懂世事的少女，听到别人笑话她爸爸是"傻老帽儿"时，她天真又不失幽默地替爸爸声辩说："你们知道什么？好钢要用在刀刃上。医院就是爸爸的'刀刃'，离开医院，我爸爸哪怕做再大的'官'，心里也不会舒坦的。"

"还是我女儿最理解我！"听了吴燕这话，吴登云开心地刮了刮女儿的鼻子，笑了。

有一次，吴登云去乡下巡诊，因为过于疲惫，竟然在马背上睡着了，马儿越过一个沟坎儿时，不小心将他从马背上颠了下来，他摔进了山沟里。

吴登云全身各处都有伤，眼睛、鼻子也摔得乌青。等他被牧民送回家时，全身各处都有伤。吴燕心疼得直掉泪，立刻为爸爸包扎伤口，变成了爸爸身边最贴心的小护士。

……

一九八〇年，扬州大学附属医院烧伤科急需人才。吴登云的老同学向医院推荐了吴登云，医院连忙向吴登云伸出了橄榄枝。扬州大学附属医院是真的求贤若渴，老同学对他是真的贴心贴意。扬州那边的商调函已经揣进了吴登云的衣兜，可是，他就是不拿出手。

看着乌恰县人民医院里那一张张熟悉又亲切

的面孔，听着病人们对他一声声热切又敬重的呼唤，望着医院内外他带领大家费尽千辛万苦种起来的白杨，他一想自己要离开这里，心里是刀割般的难受。

乌恰的风沙不仅吹糙了他的皮肤，还烙进了他的心里；这里的雪水，不仅滋养了他的生命，还注入了他的灵魂；这里的戈壁滩，不仅刻下了他的足迹，更留下了他的青春誓言，留下了他最珍贵的生命记忆。

更重要的是这里的百姓，不仅需要他为他们治病，更把他看成了一种精神上的支柱，他愿意留下来，与他们同甘共苦。

最终，吴登云把商调函撕碎了，继续留在乌恰。

当时，除了家人，谁也不知道他内心经历过怎样的"大地震"。他放弃了回到梦中故乡的机会，照样骑着马，翻山越岭去巡诊；照样在危重病人需要输血时，毅然决然地撸起自己的袖子；照样每当深夜查房时，悄悄地为住院病人们盖盖被子，看看他们是否睡得安稳，看看他们的病情有没有反复。

活到鲐背之年的塔力甫阿訇,永远不会忘了自己三十多年前的遭遇。一天,他正在田里劳动,突然肚子绞痛得厉害,儿子忙把他送进了县人民医院。当时,值班医生诊断他患的是一般的肠胃炎,认为他只要住几天院,挂点消炎药水就会没事的。一个深夜,塔力甫阿訇突然肚子痛得难以忍受,他大声呻吟着,正好被前来查房的吴登云发现了。吴登云确诊他患的是疝气,需要马上手术。可当时医院停电了,吴登云急忙找人通电,又叫来两位医护人员和他一起准备手术。

手术从凌晨三点开始,一直持续了四个小时才结束。术后,吴登云还小心翼翼地守护在塔力甫阿訇的病床前,直到他从麻醉中醒来,朝吴登云露出舒心又感激的微笑,吴登云这才拖着疲惫的脚步离开。新的一天又开始了,吴登云顾不上休息,继续投入到忙忙碌碌的工作中。

就这样,吴登云忙碌着,奋斗着,奉献着,给自己的孩子,给全县的医护人员,给县里各行各业的人们,做出了很好的表率。

不知不觉，又过去了几年。

一九八六年秋天，他的老家——江苏高邮政府，给他寄来了一份真挚恳切、热情洋溢的求贤信。信中说，家乡正需要他这样的医学人才，希望他能回老家工作，为家乡的父老乡亲服务。跟求贤信一起寄来的，还有一份调动表。

可以说，只要吴登云在调动表上签个名字，无论乌恰这边愿不愿放他走，他都可以回到老家，享受高规格的人才待遇。

这回，吴登云誓死支边的志愿有点动摇了。不是老家政府许诺的高规格的人才待遇吸引了他，而是几个月前父亲的去世给他触动太大，除了弟弟在父亲坟前手植的那棵柏树，他也希望自己能回去，经常去父母坟前转一转。父母生前他没能尽孝，父母死后，他希望能尽一点儿儿子的孝道。

这个可能调动的消息，被一位乌恰县的县领导知道了。县领导忙跑到吴登云家中，极力挽留吴登云："人非草木，孰能无情？你想回故乡的心情我们理解，但我们乌恰县真的离不开你这个好医生，我代表乌恰四万百姓挽留你。留下来吧，好兄弟!"

吴登云听了,心潮澎湃。

他想起了,每次出诊,牧民们总是把最好吃的东西留给他吃;他想起了,有次脚冻伤了,牧民二话没说,就脱下了自己的皮袍给他焐脚;他想起了,一个个患者在病痛治愈后离开医院时那无比灿烂的笑脸;他想起了,他割皮治好的那个小男孩牵着一匹骏马来医院,一定请他收下时的憨憨的笑容;他更想起了一路走来,来自方方面面的帮助。

他这个原本赤脚奔跑在故乡柳坝村的穷孩子,能有今天,全都是党和政府对他的培养,他现在也不能放弃对乌恰人民的承诺,"逃"回故乡去享受高规格的人才待遇。

所以,他再一次拒绝了梦中故乡对他的召唤,毅然选择留了下来。

吴登云就这样一次次地选择了留下,留下了自己的智慧和心血,也把自己最心爱的女儿,永远地留在了帕米尔高原上。

掌声响起

一分耕耘,一分收获。

虽然吴登云是那么纯朴,从来不喜欢向别人展示他的成绩单,但他为乌恰人民献出的一滴滴鲜血、汗水,他在帕米尔高原上用马蹄刻下的一串串勤苦的足迹,他用生命在克孜勒苏河边写下的一个个感人故事,老百姓都看在眼里,记在心里,政府也没有忘记把一朵朵小红花、一枚枚勋章,戴在他的胸前。

一九八八年,吴登云获得了国务院特殊津贴。

一九九九年,吴登云获得了白求恩奖章,同年,获得了全国五一劳动奖章。

二〇〇〇年,吴登云获得"全国先进工作者"

荣誉称号。

二〇〇一年，吴登云获得"全国优秀共产党员"称号。

二〇〇九年，吴登云入选"100位新中国成立以来感动中国人物"。

二〇一九年，吴登云荣获"最美奋斗者"称号。

……

掌声一次次为他响起，荣誉接踵而至。可是，吴登云依然还是吴登云，憨厚，善良，朴素，节俭。

有一年，他因公出差到杭州，在西湖边吃上了梦寐以求的东坡肉，但没舍得点西湖醋鱼，这不，一次错过，至今还没有吃上。

以前，他没钱回老家，因为回一趟得花三四个月工资。如今，他有很多机会可以回去，他的母校高邮中学、扬州大学常请他回去讲课，上海、杭州也有多家医院请他去"传经送宝"。可他，回到了小时候最爱的能吃上白米饭的故乡，却常常思念起帕米尔高原上的馍馍和馕饼来。

这一生，他一次次拒绝调回扬州工作，可是，扬州的"二十四桥明月夜"，永远是他午夜梦回的地方。

他的童年少年时代虽然充满了苦难，可是，在莲池里戏水、采莲蓬、采鸡头米的往事，永远是他心中最难忘的童话。

著名作家汪曾祺也是高邮人，是吴登云的同乡，汪曾祺笔下的高邮鸭蛋、高邮风物，也永远滚动在吴登云的心中。

身在边疆，志在边关，梦回江南，难忘柳坝。

乌恰的老百姓总是说："他本来应该在扬州享福的，却来我们这里吃了一辈子辛苦和风沙，他比我们本地人更有勇气，更了不起！"

"哈哈，我哪有那么娇气？我早已经成了正儿八经的乌恰人了啊！"在吴登云心目中，早把乌恰当成了自己真正的故乡。

二〇〇一年，由新疆锡伯族女导演广春兰执导，著名演员鲍国安主演的电影《真心》上映了。这部电影，讲述的正是吴登云一心一意留在帕米尔高原，为各族人民悉心治病的感人故事。

一时间，吴登云的事迹远播海内外。

可是，吴登云还是吴登云，他骑着马，翻山越岭去巡诊；打着手电筒，半夜三更去查房；穿着白大褂，把真心、爱心、热心用在每一位病人身上。

但他不是钢打铁铸的，六十几岁时，退休后依然留在医院工作的他，得了严重的冠心病，体内装了四个冠状动脉支架。

"你啊，现在自己都是老病号了，以后做事千万要悠着点啊！"老伴儿杨晓安叮嘱他。

他却说："我现在装了支架，走路比平时轻快多了，一口气跑十四楼都没问题，以后可以为更多的病人服务啦！"

一转眼，吴登云已经成了耄耋老人，可是，他依然在医院里接诊病人。

二〇一九年，他得知自己获得"最美奋斗者"称号时，正在医院为病人诊病。

消息传到医院，病人比吴登云还高兴，激动地握着他的手说："吴医生，没有人比您的心更好更美了，您是真正的最美的人！"

吴登云却像顽皮的孩子似的笑着说："我这老头子，已经丑得很啦，这个'最美'，真是不敢当呀！"

面对一切荣誉，他都谦逊地说自己不敢当，不敢当的。

他说："我这一生，虽然经历了很多困难挫折，也有过犹豫徘徊，但我绝不后悔选择来新疆工作，来乌恰行医。要是生命允许我有第二次选择，我照样会选择来这帕米尔高原上做一名医生！"

吴登云是新疆乌恰人民的英雄，也是家乡扬州人民的骄傲。

扬州大学医学院成立了吴登云奖学金；高邮市郭集镇建起了吴登云事迹展览馆。无论是乌恰县，还是高邮市，很多年轻人把吴登云当成自己学习的楷模，还有很多小朋友把吴登云的事迹写进自己的作文，立志长大了也要做一个像吴登云爷爷这样的人。

"我呀，只希望年轻人、小孩子比我生活得更幸福，比我做出更多的贡献，活得更有价值！"

吴登云笑眯眯地说。

从江南到边关，从青春到白头，输血、割皮、骑马、啃馍，日日夜夜守护在病人身边，奋战在手术台上，呕心沥血为发展乌恰县的医疗事业奉献了一生，吴登云医生，只是希望这人间能少一些病痛，多一些健康和幸福！

他说自己的人生其实很平凡，而实际上，他的人生是如此动人，如此辉煌！

这个帕米尔高原上的马背医生，是当之无愧的"白衣圣人"，是边疆人民心中的清泉水，更是值得我们学习的好榜样！